Klarant Verlag

Martin Windebruch

Auricher Erbe

Brookmer und Jacobs ermitteln 11

Ostfrieslandkrimi

Klarant Verlag

Copyright © 2024 Klarant GmbH, 28355 Bremen
Klarant Verlag, www.klarant.de – www.ostfrieslandkrimi.de
ISBN: 978-3-68975-050-3
1. Auflage 2024
Umschlagabbildung: Klarant Verlag

Kapitel 1

Hajo Leemhuis fuhr mit seinem kleinen Postauto den Marscher Weg entlang, der quer durch den kleinen Ort Bedekaspeler Marsch verlief. Er lag in der Gemeinde Südbrookmerland im Herzen von Ostfriesland. Die Sonne schien und der gewaltige, weite Himmel, der so typisch für die flache Landschaft hier war, spannte sich wolkenlos und weit über ihm.

Der Postbote bog ein in die Einfahrt des Hauses, das am südlichen Ende des Ortes lag.

Hajo Leemhuis war beinahe mit seiner Runde durch, nur hier hatte er noch Post sowie ein kleines Paket abzugeben. In Gedanken war er allerdings damit beschäftigt, was er heute am Feierabend machen würde. Er wollte sich mit ein paar Freunden ein Spiel der Kickers Emden ansehen. Den Fußballverein liebte er seit seiner Kindheit. Hajo Leemhuis stieg aus dem Wagen, die Briefe unter den Arm geklemmt und das Paket in den Händen.

Er ging zur Haustür des reetgedeckten Hauses. Es war ein älterer Bau, der aber über die Jahre immer wieder liebevoll renoviert worden war. *Man sieht nicht mehr oft reetgedeckte Häuser hier in der Gegend, weil das Erhalten der Dächer so teuer und aufwendig ist*, dachte Hajo Leemhuis. Da er seit zwanzig Jahren Postbote in Ostfriesland war, bedeuteten ihm diese Häuser ebenso viel wie die rot geklinkerten. Es gehörte für ihn dazu, ebenso wie man schwarzen Tee seiner Meinung nach nicht ohne drei Tropfen Sahne zu trinken hatte. Die Kluntjes hatte er leider reduzieren müssen, weil seine Blutwerte seinem Hausarzt gar nicht gefielen. Aber die Sahne würde er sich nicht nehmen lassen. Es gab Grenzen, was er für die Gesundheit bereit war zu opfern und was nicht.

Hajo Leemhuis betätigte die Klingel an der Haustür, neben der ein Schild verkündete, dass hier Familie Wittmars lebte. Er nahm allerdings an, dass hier schon länger nur noch Herr Wittmars lebte. Eine andere Person hatte er nie angetroffen.

Herrn Wittmars' Auto stand auch in der Einfahrt, sodass Hajo Leemhuis hoffte, ihm das Paket übergeben zu können. Dann würde er seine Schicht ohne ein einziges Paket oder einen Brief im Wagen beenden können. Allerdings rührte sich im Haus nichts, also klingelte der Postbote noch einmal.

»Herr Wittmars?«, rief Hajo Leemhuis und ging um das Haus herum. Sollte Herr Wittmars nicht da sein, würde er ihm das Paket wie immer vor die Terrassentür stellen. Das Hausdach stand hinter dem Haus ein wenig über, sodass ein Päckchen dort vor Wind und Wetter geschützt war, auch wenn es heute nicht nach Regen aussah. Hajo Leemhuis lebte lange genug in Ostfriesland, um zu wissen, dass das Wetter schnell umschlagen und der nächste Regen jederzeit kommen konnte.

Dafür sieht man die Wolke auch eine Weile im Voraus, dachte er leicht amüsiert und genoss die unverbaute Aussicht auf die weite Landschaft hinter dem Haus. Er ließ seinen Blick schweifen. Dann hielt Hajo Leemhuis in der Bewegung inne.

»Herr Wittmars?«, fragte er, und Sorge war in seiner Stimme zu hören.

Vier alte Apfelbäume standen im Garten beisammen und neben ihnen lag eine Leiter auf dem Boden. Neben der Leiter war im beinahe kniehohen Gras jemand zu erkennen.

Hajo Leemhuis lief in schnellen Schritten zu dem am Boden liegenden Mann. Er ließ das Paket fallen und ging neben ihm in die Hocke. Der Postbote griff nach dem Hals von Christian Wittmars und versuchte, seinen Puls zu fühlen. Die Haut des Mannes war eiskalt. Hajo Leemhuis zögerte. Sollte er noch versuchen, eine Herzdruckmassage durchzuführen? Der Postbote wusste nicht, wie lange der Mann hier schon so lag.

Er zog sein Telefon aus der Tasche, wählte den Notruf und stellte es auf laut. Während das Freizeichen zu hören war und die Nummer des Notrufs angewählt wurde, kontrollierte der Postbote den Kopf des Mannes und fand eine ziemliche

Verletzung. Er beugte sich vor und horchte auf den Atem. *Ist da etwas zu hören?*, fragte er sich. Er war sich nicht sicher.

»Notrufzentrale«, meldete sich eine Stimme. Der Postbote legte das Telefon neben sich in das Gras und begann mit der Herzdruckmassage, während er der Frau vom Notrufdienst erklärte, wo er war.

Jeder Gedanke an den Feierabend war verflogen.

*

Kriminalkommissar Dr. Evert Brookmer stieg auf der Beifahrerseite des zivilen Dienstfahrzeugs der Einsatzbereitschaft der Auricher Polizei aus. Es wehte ein leichter Wind von Norden, der seinen zusammengebundenen Zopf zerzauste. Die Ärmel seines grauen Hemdes hatte er hochgekrempelt. Während seine Kollegin Wiebke Jacobs auf der Fahrerseite ausstieg, ging Evert zum Kofferraum des Autos und ließ seinen schwarzen Labrador Retriever Fiete aus der Hundebox.

Der Hund streckte sich und wandte sich mit hochgezogenen Lefzen in den frischen Wind, der von den Wiesen herüberwehte. Fiete wedelte mit dem Schwanz und sah sich nun neugierig um.

Evert zog derweil aus dem Kofferraum die Hundeleine und machte den Hund damit am Seitenspiegel des Fahrzeugs fest. Nachdem er den Labrador Retriever angewiesen hatte, sich hinzusetzen, strich er ihm noch einmal über den Kopf.

»Wir sind gleich zurück«, sagte Evert. »Genieß die Aussicht.«

Fiete sah ihm nach, während Evert zum Kofferraum ging, aus dem seine Kollegin nun einen Tatortkoffer heraushob. Wiebke trug eine blaue Bluse mit kurzen Ärmeln. Ihr blondes kurzes Haar im Pixie-Schnitt wirkte in der kräftigen Sonne noch heller als sonst.

Evert schloss die Heckklappe und ging mit seiner Kollegin die Einfahrt entlang an einem Notarztwagen vorbei, der ein Postauto eingeparkt hatte.

Kurz warf Evert einen Blick über die Schulter, um zu kontrollieren, ob sein Hund auch sitzen blieb, wo er sollte. Fietes Kopf war zu sehen, wie er neugierig um die Ecke des Autos herumsah, um so lange wie möglich einen Blick auf sein Herrchen werfen zu können.

Ein Rettungssanitäter kam nun auf die beiden Kriminalbeamten zu.

»Moin«, sagte er. »Ich bin der Jan Groote, wir haben telefoniert, oder?«

»Das ist richtig«, antwortete Wiebke. Sie deutete auf Evert und dann auf sich, während sie sie beide vorstellte.

»Sie haben einen Mordverdacht?«, fragte Evert.

»Ja, also wir wurden vom Postboten gerufen. Der sitzt gerade in seinem Auto und raucht, um sich zu beruhigen«, sagte Jan Groote. »Der hat den Mann im Garten vorgefunden und mit einer Herzdruckmassage begonnen. So weit, so gut.«

»Was geschah dann?«

»Wir vom Rettungsdienst kamen dann an und haben übernommen. Der Mann im Garten war aber schon tot, da war nichts zu machen. Da half auch keine Wiederbelebung mehr.«

»Wie kommen Sie darauf, dass es ein Fall für die Polizei ist?«

»Wir haben das Hemd des Mannes geöffnet, und dabei sind mir gleich die Hämatome aufgefallen. Der hat einige blaue Flecken, sowas kenne ich eher von meiner Zeit bei den bereitschaftshabenden Sanitätern, als wir früher in eine Kneipe gerufen wurden, wo zwei Streithähne aneinandergeraten waren.«

»Die stammen nicht von der möglicherweise unsachgemäß durchgeführten Herzdruckmassage des Postboten?«, fragte Wiebke.

»Nee, und vor allem nicht die Verletzung am Kopf«, sagte Jan Groote. »Ich denke, der Mann hat sich ziemlich geprügelt. Außerdem spricht noch etwas dagegen, dass er von der Leiter gefallen und dann nur ungünstig aufgekommen ist.«

»Was denn?«, fragte Evert neugierig.

»Die Äpfel sind noch nicht reif, das dauert sicher noch drei, vier Wochen. Wieso sollte der Mann also ohne irgendein Werkzeug in die Baumkrone klettern?«

In diesem Augenblick fuhr ein weiterer Wagen in die Einfahrt, kam allerdings wegen der anderen Pkws nicht weiter und setzte zurück, um am Straßenrand zu parken.

»Das ist unser Gerichtsmediziner«, erkannte Evert den Fahrer und das charakteristische Fahrzeug. »Sie haben möglicherweise eine gute Beobachtung gemacht. Er wird sich dann jetzt damit beschäftigen.«

»Gut, wir müssen dann auch weiter. Immerhin sind wir noch im Einsatz, und so dick ist unsere Personaldecke nicht, dass wir hier den ganzen Tag herumstehen können.«

»Sicher, wir benötigen dann noch Ihre Personalien«, sagte Evert. Nachdem der Sanitäter sie diktiert hatte, verabschiedete er sich von ihnen. Der Gerichtsmediziner Dr. Elias war nun mit einer jungen Frau, vermutlich einer seiner Studentinnen, im Schlepptau bei ihnen angekommen.

»Also?«, fragte er ohne große Begrüßung.

»Auch Ihnen ein fröhliches Moin«, sagte Evert. »Der Tote liegt bei den Apfelbäumen, der Notfallsanitäter glaubt nicht, dass ein Sturz zum Tod führte.«

»Na, das sehen wir ja mal.« Der Gerichtsmediziner ging an ihnen vorbei. In diesem Augenblick fuhr der Rettungswagen vom Hof und ein ziviles Fahrzeug hielt an der Straße. Der Polizist in der Uniform der Schutzpolizei, der ausstieg, hieß Klaas Behrends und gehörte wie auch Wiebke und Evert zur Kriminalpolizei Aurich.

»Habt ihr auch noch nichts angefasst?«, fragte Klaas, als er zu seinen Kollegen kam. Sein kurzes, krauses Haar war ebenso grau wie sein Schnurrbart.

»Nein, du weißt doch, dass wir nicht in der Lage sind, einen Tatort zu sichern«, meinte Wiebke trocken und reichte ihm den Koffer.

»Danke, dass du den mitgebracht hast«, sagte er. Ihr Kollege war auf einer Fortbildung in Leer gewesen, und als die Meldung eines Mordfall-Verdachts kam, hatte er Evert und Wiebke gebeten, den Koffer zur Spurensicherung mit zum Tatort zu bringen, sodass sie sich vor Ort treffen konnten. Den Tatort selbst zu untersuchen, hatte sich Klaas nicht nehmen lassen wollen. Allerdings hatte Evert eher den Verdacht gehabt, dass ihr Kollege auch froh war, der Fortbildung zur effizienteren Aktenführung zu entkommen.

Klaas ging mit dem Koffer hinter Dr. Elias her, während Evert und Wiebke zum Postauto gingen.

»Moin«, sagte Evert. »Das ist meine Kollegin Kriminalkommissarin Wiebke Jacobs und ich bin Kriminalkommissar Evert Brookmer. Sie sind?«

»Hajo Leemhuis.« Der Postbote öffnete die Autotür, um auszusteigen. Rauchschwaden wehten ihnen entgegen. »Normalerweise rauche ich im Auto nicht, aber das … ich brauchte das jetzt. Jetzt geht es besser.«

»Man findet bei Ihrer Arbeit sicherlich nicht jeden Tag eine Leiche«, stimmte Evert zu. »Das war bestimmt ein Schock. Erzählen Sie uns bitte, was geschehen ist.«

»Tja, ich habe Herrn Wittmars sein Paket gebracht, und da sein Auto in der Einfahrt stand, wusste ich ja, dass er da sein musste«, sagte der Postbote. »Und als er nicht aufmachte, bin ich losgegangen, um es hinten auf die Terrasse zu legen, so wie immer.«

»Da haben Sie ihn dann gefunden?«, fragte Evert.

»Ja, und bin sofort hingelaufen. Ich dachte, der Unfall ist vielleicht gerade erst passiert, und dann habe ich den Arzt gerufen und … ich habe eine Ewigkeit keine

Herzdruckmassage durchgeführt. Alles umsonst, sagte der Sanitäter.«

»Das weiß man ja vorher nicht«, sagte Evert.

»Ich hoffe nur, ich habe keine Spuren verwischt.«

»Wieso?«, fragte Wiebke.

»Weil der Sani sagte, es könnte Mord sein«, erklärte Hajo Leemhuis. »Ich will keine Spuren vernichten. Ich schau ja auch Krimis und weiß, dass man nichts anfasst.«

»Keine Sorge«, sagte Evert. »Haben Sie etwas angefasst, außer der Klingel und dem Toten?«

»Nein, habe ich nicht. Oh, und das Päckchen liegt dahinten im Gras neben ihm. Ich habe es einfach fallen gelassen und …«

»Wir kümmern uns darum«, sagte Evert.

»Kannten Sie Herrn Wittmars gut?«, fragte Wiebke. »Wie war sein Vorname?«

»Christian Wittmars. Er wohnte hier schon viele Jahre. Ich mache diese Tour hier schon seit mindestens neun Jahren, und seitdem wohnte er hier und bekam Post.«

»Lebte er allein?«, fragte Evert.

»Ich glaube, ja. Ich habe, glaube ich, nie jemand anderen hier getroffen, aber das heißt ja nichts. Da müssen Sie seine Nachbarn fragen, ich brachte ihm nur die Post, und mehr als ein kleiner Schnack über das Wetter war nicht drin. Ich muss meine Runde ja schaffen.«

»Natürlich«, sagte Evert. »Sie sind aber dann ja öfter hier. Fällt Ihnen vielleicht irgendwas auf, das nicht so ist wie sonst?«

»Nein. Der Postbote warf einen Blick zum Haus. »Ist alles wie immer.«

»Gut, haben Sie erstmal vielen Dank«, sagte Evert und reichte ihm seine Karte. »Vielleicht fällt Ihnen ja noch etwas ein. Dann erreichen Sie mich jederzeit über diese Nummer. Ich benötige auch noch Ihre Personalien, falls wir Nachfragen haben, sollte hier tatsächlich ein Ermittlungsverfahren eingeleitet werden.«

»Klar«, sagte Hajo Leemhuis und nannte Evert die verlangten Informationen. Dann verabschiedete er sich und fuhr mit seinem Auto davon.

Evert und Wiebke gingen derweil um das Haus herum. Neben den vier Apfelbäumen lag ein Mann ausgestreckt auf dem Boden, neben ihm eine Holzleiter.

Der Tote war Anfang siebzig und recht sportlich, beinahe drahtig. Seine kurzen grauen Haare waren ihm mittig auf dem Kopf bereits ausgegangen, sodass es ein wenig so aussah, als hätte man ihm eine Tonsur geschnitten. Der kurzgeschnittene Kinnbart war grau und lediglich vereinzelt braun durchwirkt.

»Teilen Sie die Einschätzung des Notfallsanitäters?«, fragte Evert an Dr. Elias gerichtet, der neben dem Toten auf dem Boden kniete. Neben sich hatte er einen Koffer geöffnet und erklärte seiner Studentin, was er machte.

»Das Todesermittlungsverfahren ist sozusagen noch andauernd«, meinte Dr. Elias. »Aber zuerst würde ich gerne die Einschätzung von Ihnen hören.«

Er sah dabei seine Assistentin an. Die Studentin wurde rot und meinte: »Die Hämatome hier und hier sind möglicherweise von einer Herzdruckmassage.« Sie deutete auf die entblößte Brust des Opfers. Dessen rotschwarz kariertes Hemd war offen. Der Tote trug nichts darunter. »Allerdings sind hier und dort noch Hämatome, die dazu nicht passen, und das hier an seinem Hals sieht eher aus, als hätte ihn jemand gepackt. Zudem hat er Abschürfungen an den Fingern, richtig?«

»Das ist richtig«, sagte Dr. Elias. »Wird ja doch noch etwas aus Ihnen. Also, wie meine Studentin korrekt angemerkt hat, sieht es so aus, als wäre der Mann in einen kurzen, aber heftigen Kampf verwickelt gewesen. Er hat auch hier am Kopf eine Verletzung an der Schläfe, ebenso an seinem Hinterkopf. Es ist aber schwer möglich, sozusagen mit Vorder- und Hinterkopf gleichzeitig aufzuschlagen, wenn man ungünstig von einer Leiter fällt.« Der Gerichtsmediziner hatte die Angewohnheit, an den möglichsten und unmöglichsten Stellen ein »sozusagen« einzubauen, wie Evert und seine Kollegin wussten.

»Sie gehen also von einem vertuschten Mord aus«, sagte Wiebke.

»Ja, vorläufig gehe ich von einem Gerangel aus, das zu seinem Tod geführt haben könnte. Möglicherweise ein Mord, der hier als Unfall vertuscht wird. Solange jemand nicht bei mir sozusagen auf dem Tisch lag, ist alles vorläufig. Ihr Kollege ist im Haus und sieht sich da um. Vielleicht finden Sie ja dort mehr Antworten.«

»Gut, sagen Sie, wenn Sie hier fertig sind«, sagte Wiebke. Sie und Evert gingen zur Terrassentür, die offen stand.

»Klaas?«, rief Wiebke, bevor sie und Evert eintraten.

»Kommt rein, aber vorsichtig bitte!«, rief ihr Kollege aus einem angrenzenden Raum. »Ich bin noch dabei, mir alles anzusehen. Was sagt Dr. Elias?«

»Er geht von Fremdeinwirkung aus«, sagte Wiebke. »Es könnte zu einem Kampf gekommen sein.«

Evert betrat nach ihr das Wohnzimmer durch die Terrassentür. Der Raum wurde durch eine ausladende Sitzgruppe mit drei Ledersofas für jeweils zwei Personen eingenommen. In einer Ecke des Raumes hing ein großer Fernseher an einem beweglichen Metallarm von der Wand. Ein kleines Regal enthielt ein paar Bücher und einige Holzkisten. An den übrigen Wänden hingen gerahmte Filmposter und Zeitungsmeldungen. Der Boden war mit bordeauxroten großen Kacheln gefliest, die alt wirkten und dem Raum eine warme Atmosphäre gaben.

Ein kleiner Ofen stand in der Ecke des Raumes und unter ihm glänzte eine matte, abgenutzte Edelstahlplatte.

»Seht euch mal in Ruhe um«, sagte Klaas. »Ich gehe in die obere Etage. Hier unten ist alles recht aufgeräumt, keine offensichtlichen Kampfspuren.«

»Ist gut.« Wiebke ging durch das Wohnzimmer in den Hausflur.

Evert betrachtete eines der Poster. Es bewarb das Erscheinen eines alten Films, von dem er noch nie gehört hatte. Das Erscheinungsdatum lag ungefähr vierzig Jahre zurück. Im nächsten Rahmen war ein Zeitungsartikel. Eine halbe Seite im Auricher Boten berichtete über Christian Wittmars' eindrucksvolle Tierdokumentation und die herausragenden Aufnahmen, die er in Alaska gemacht hatte.

»Ich denke, er war Kameramann«, sagte Evert zu seiner Kollegin und folgte ihr in den Hausflur. »Laut den Zeitungsartikeln.«

»Dem Alter der Zeitungen nach aber schon länger nicht mehr, oder?«, fragte Wiebke.

»Stimmt.« Evert sah sich die Artikel nochmal an. Keiner war jünger als fünfzehn Jahre.

»Im Flur stehen drei paar Schuhe, alles Männerschuhe, die dem Opfer gehören könnten. Es gibt noch eine Küche und ein Bad sowie ein Zimmer, das aussieht wie ein Gästezimmer«, sagte Wiebke, als sie zurück ins Wohnzimmer kam.

Evert hatte ihr nicht ganz zugehört, weil ihm eine Verfärbung auf den Fliesen aufgefallen war. Er beugte sich herunter und bewegte den Kopf, um genauer zu sehen.

»Da sind ein paar Tropfen«, stellte er fest. »Ich denke, es ist Blut.«

»Klaas«, rief Wiebke die Treppe ins Obergeschoss hinauf. »Bring den Koffer mit. Wir haben Blut.«

Sofort waren die Schritte ihres Kollegen zu hören, wie er sich beeilte, zu ihnen herunterzukommen.

»Wo?«, fragte er.

Evert zeigte ihm die Stelle. Während Klaas das geronnene Blut von der Fliese kratzte, nahm sich Wiebke Handschuhe aus dem Tatortkoffer und schaute sich den kleinen kniehohen Wohnzimmertisch genauer an.

»Der sieht sauber aus«, sagte sie. »Der Tisch besteht aus furniertem Holz. Fühlt sich sehr stark nach Kunststoff an, da haftet sicher nichts gut. Vielleicht ist das Opfer hier angeschlagen und dadurch zu Tode gekommen.«

»Viel steht ja nicht im Raum, das man hinterher aufräumen müsste«, sagte Evert. »Es könnte so passiert sein: Der Täter bringt die Leiche raus zu den Apfelbäumen, wischt etwaiges Blut von der Tischkante ab und vergisst den Fleck auf den Fliesen, weil das geronnene Blut darauf kaum zu sehen ist.«

»Das ist möglich, aber unwahrscheinlich«, sagte nun Dr. Elias, der von der Terrassentür aus zu ihnen kam und sich dabei den Tisch ansah.

»Worin irrt sich unser Herr Doktor?«, fragte Klaas. Er nannte Evert gerne so, um ihn wegen seines akademischen Titels aufzuziehen. Klaas hielt nichts davon, die Polizeiarbeit unnötig zu verkopfen, wie er es nannte. Für ihn war die Verbrecherjagd ein Handwerk, nichts, für das man die Universität benötigte.

»Meine Assistentin und ich haben den Toten gerade mit der Bahre zum Auto gebracht, und dabei habe ich sozusagen seine Rückseite kontrolliert. Die Verletzung passt nicht zu einer Tischkante, sondern eher zu einem schweren Gegenstand wie einer Metallstange oder dergleichen.« Er bewegte seine rechte Hand so, dass er sie langsam zur linken Seite seines Hinterkopfs führte. »Es sieht eher aus, als hätte eine ungefähr gleich große Person einen sehr kräftigen Schlag ausgeführt, der die Schädeldecke beschädigte. Wir reden von einem starken Schlag. Der Tisch hat eine abgerundete Kante. Meine erste Einschätzung wäre, dass das Objekt, mit dem die Gewalteinwirkung geschah, eine Kante nahe dem Neunzig-Grad-Winkel haben muss.«

»Dann ist er hinterher gegen den Tisch geknallt«, meinte Klaas. »Vielleicht findet sich die Mordwaffe ja im Haus.«

»Vielleicht«, stimmte Dr. Elias zu. »Ich bin hier aber so weit fertig und würde jetzt zurück nach Oldenburg fahren.«

»Einen voraussichtlichen Todeszeitpunkt hätten wir aber noch gerne von Ihnen«, Wiebke lächelte ihn an.

»Da nicht klar ist, ob der Tote die ganze Nacht draußen lag und es zudem eine sehr warme Nacht war, würde ich mich vorerst nicht mehr festlegen wollen als auf den gestrigen Abend.«

»Gestern Abend«, wiederholte Wiebke. »Nichts Genaueres?«

»Vermutlich nach sechs Uhr abends. Aber alles Weitere ist Spekulation. Sollte bei der Obduktion und der weiteren gerichtsmedizinischen Untersuchung noch etwas herauskommen, werde ich Sie informieren.«

»Gut, vielen Dank«, sagte Evert, bevor sich Dr. Elias von den Anwesenden verabschiedete.

»Also gut«, seufzte Wiebke. »Das hier ist eine Mordermittlung. Klaas, du spurst das Haus zu Ende ab und wir sehen zu, dass wir etwas über den Mann in Erfahrung bringen.«

»Ich schlage vor, wir reden mit den Nachbarn«, sagte Evert. »Wenn der Postbote recht damit hat, wie lange Christian Wittmars hier schon wohnt, sollte sein Nachbar wenigstens ein bisschen über den Mann wissen.«

»Bei einem kleinen Dorf wie dem hier weiß er vermutlich mehr über ihn als seine nächsten Angehörigen«, meinte Wiebke.

»Spricht da die eigene leidvolle Erfahrung?«, fragte Evert, als sie hinausgingen. Seine Kollegin wohnte in einem kleinen ostfriesischen Dorf namens Rysum und renovierte dort das von ihren Großeltern geerbte Haus.

»Sagen wir, die Erfahrungen habe ich«, sagte sie. »Aber ich sehe sie nicht als leidvoll.«

Als sie auf der Terrasse waren, wandte sich Evert nochmal zur Wiese und sammelte das hingeworfene Paket auf, das der Postbote liegen gelassen hatte.

»Ist von einem Antiquariat in Belgien.« Evert las die Adresse laut vor.

»Lass es zu und leg es ins Wohnzimmer«, sagte Wiebke. »Formal gehört es seinen Erben, und ein Zusammenhang mit dem Fall ist nicht ersichtlich. Neugierde reicht als Rechtfertigung nicht.«

»Stimmt.« Evert lächelte. »Hast mich ertappt.«

»War ja auch nicht schwer«, meinte Wiebke, während er das Päckchen neben die Terrassentür legte und außen an die Wand lehnte. »Neugier gehört ja bei uns schon zum Beruf.«

Sie riefen Klaas zu, dass er das Paket in die Wohnung legen sollte, wenn er fertig war, und gingen dann zurück zur Einfahrt.

Wiebke und Evert kamen bei ihrem geparkten Dienstwagen vorbei und Evert band den schwarzen Labrador Retriever los.

Sie gingen zur Straße. Auf der einen Seite des Hauses endete das Dorf bereits, sodass es nur einen Nachbarn gab, dessen Grundstück direkt an Christian Wittmars' grenzte. Auf der anderen Seite lag bereits der Kanal, der durch das Dorf lief.

Sie gingen zum Nachbarhaus. Ein Mann fuhr in diesem Augenblick mit einem metallicblauen Cabriolet aus der Garage. Der Oldtimer glänzte wie frisch gewachst.

»Moin«, sagte der Fahrer und stellte den Motor ab, als er auf Höhe der beiden Ermittler war.

»Moin«, sagte Evert und zog seinen Dienstausweis. »Kripo Aurich. Mein Name ist Evert Brookmer und das ist meine Kollegin Wiebke Jacobs. Sie sind?«

»Jacob Hanssen«, stellte sich der Autofahrer vor. »Ich habe eigentlich einen Termin, zu dem ich jetzt schon spät dran bin. Was gibt es denn?«

»Sie wohnen hier?«, fragte Evert, ohne die Frage zu beantworten.

»Ja, seit fünf Jahren«, sagte Hanssen. »Da habe ich das hier als Ferienhaus gekauft. Liegt sehr gut, man kann mit dem Boot in den Kanal oder direkt ins Große Meer zum Segeln fahren. Sie glauben ja gar nicht, wie teuer ein Ferienhaus direkt am Großen Meer heutzutage ist! Wenn Sie das nicht erben, kommen Sie da nicht zu Preisen heran, die menschenwürdig sind.«

»Ich kann es mir vorstellen. Sie kennen Ihren Nachbarn, Christian Wittmars?«

»Ein wenig«, sagte Jacob Hanssen. »Man spricht hier und da mal miteinander und hält einen Klönschnack. Was ist denn mit ihm?«

»Er ist tot«, sagte Evert. »Tut mir leid, Ihnen das mitteilen zu müssen.«

»Oh«, sagte Christian Hanssen und schluckte. »War es Mord? Ich meine, wenn hier zwei Leute von der Kripo stehen …«

»Wir ermitteln erstmal offen in alle Richtungen.« Evert war diplomatisch. »Aber es sieht nach einem Gewaltverbrechen aus.« Er wollte nicht zu sehr ins Detail gehen, um nicht Informationen preiszugeben, die später noch relevant sein konnten, um den Täter dingfest zu machen.

»Ermordet?«, echote Herr Hanssen nun. »Das kann ich nicht glauben. Hier in unserer Siedlung?«

»Es sieht danach aus«, bestätigte Evert. »Wir wollen gerne etwas mehr über Herrn Wittmars in Erfahrung bringen. Können Sie uns etwas zu ihm erzählen?«

»Nur das, was vermutlich alle hier wissen«, sagte Jacob Hanssen.

»Das würde uns schon reichen«, sagte Wiebke. »Lebte er allein?«

»Ja, soweit ich weiß, gab es länger schon keine neue Frau in seinem Leben. Aber das ist mit Anfang siebzig ja auch nicht mehr das brennendste Thema, denke ich.«

»Wissen Sie, was Ihr Nachbar beruflich gemacht hat?«, fragte Evert.

»Er war Kameramann«, sagte Jacob Hanssen. »Ich glaube auch, er hat einige Jahre in den USA gelebt. War mal in Hollywood und ist dann viele Jahre als Tierdokumentationsfilmer durch Europa gereist. Aber so richtig aufgefallen ist er mir eher wegen seiner Vereinstätigkeit.«

»Wo war er denn tätig?«, fragte Evert.

»Bei Frya Fresena. Kennen Sie den Verein?«, fragte Hanssen.

»Nein«, meinte Evert, doch Wiebke nickte.

»Das ist ein Heimatverein, oder?«, meinte sie. »Ich glaube, die waren auch mal bei uns in Rysum mit einem Stand auf dem Dorffest.«

»Ja, die sind so Lokalpatrioten«, sagte Jacob Hanssen. »Da habe ich mich nie groß mit beschäftigt, aber der Herr Wittmars war da Feuer und Flamme für. Mehr weiß ich aber auch nicht. Ich habe ihn öfter mal bei Dorffesten gesehen oder wenn der Schützenverein sich traf. Da hat er dann Reden geschwungen, dass wir Friesen mehr Autonomie gegenüber den Auswärtigen brauchen.«

»Wissen Sie, ob Herr Wittmars Familie hatte?«, fragte Evert.

»Es muss mal eine Frau in seinem Leben gegeben haben, denn er hatte immer mal zwei junge Männer zu Besuch, beide so Anfang dreißig«, erinnerte sich Herr Hanssen. »Er sagte, das sind seine Jungs. Aber von einer Frau hat er nie gesprochen, also ist die wohl tot oder zumindest für ihn gestorben, wie man so sagt.«

»Aber geäußert hat er sich Ihnen gegenüber nie dazu?«, fragte Evert.

»Nein, aber ich weiß, wie seine Kinder heißen, Florian und Sebastian. Ich glaube, auch beide Wittmars. Aber das weiß ich nicht sicher. Sie leben wohl in Aurich oder so. Tut mir leid, das erschien damals nicht so wichtig, es ist eine Weile her, seit wir miteinander geredet haben.«

»Ist schon in Ordnung«, sagte Evert. »Aber sagen Sie, wann waren die beiden Söhne denn das letzte Mal hier?«

»Vielleicht vor zwei Wochen? Ich war die letzten Tage immer mit meinem Wagen unterwegs. Habe ich mir erst letztes Jahr gekauft, und bei dem schönen Wetter mache ich damit ausgiebige Ausfahrten zu meinen Freunden und Bekannten in ganz Niedersachsen. Bis gestern war ich im Harz.«

»Wann sind Sie zurückgekommen?«

»So gegen halb eins heute Morgen«, meinte der Mann nachdenklich. »Ich bin ins Bett gegangen, habe vorhin etwas gegessen und umgepackt, weil es jetzt nach Norderney geht. Da sind Freunde von mir im Urlaub, und ich will sie mal kurz besuchen.«

»Ist Ihnen gestern Abend bei Ihrer Rückkehr irgendetwas bei Ihrem Nachbarn aufgefallen?«, fragte Evert. »Brannte Licht, waren fremde Fahrzeuge in der Einfahrt?«

»Nein, glaube ich nicht. Aber so richtig drauf geachtet habe ich auch nicht.«

»Gut, ich gebe Ihnen trotzdem mal meine Karte, und wenn Ihnen noch etwas einfällt, melden Sie sich bitte«, sagte Evert.

»Sicher. Ich kann es, ehrlich gesagt, kaum glauben. Jemand hat den Mann umgebracht …«

»Sie können sich niemanden vorstellen, der das getan haben könnte?«, fragte Evert.

»Nein, auch wenn er vielleicht manchmal etwas schwierig sein konnte«, stellte Hanssen fest.

»Schwierig?«, fragte Wiebke.

»Na ja, er hat ja wohl früher Filme gemacht und so, und er klang für mich immer wie ein Lehrer.«

»Erklären Sie mir das bitte«, bat Evert.

»Ja, so ein kommandierender Tonfall. Sowas, wie Sie mit einem Kind reden würden: Geh dahin! Mach das! Ohne Zusätze wie bitte oder danke, nur Anweisungen. Manche Leute sind da ja sehr empfindlich. Ich eher nicht, ich war viele Jahre bei der Bundeswehr. Ich kann das ignorieren.« Er lächelte, als habe er einen guten Witz gemacht.

»Verstehe.« Evert erwiderte das Lächeln freundlich. »Aber Sie wissen nicht konkret von jemandem, mit dem er Streit hatte?«

»Nein, keine Ahnung. So gut kannte ich ihn nicht.«

»Na dann, gute Fahrt.« Evert verabschiedete sich von dem Mann, bevor der Gas gab und davonfuhr.

»Dann fahren wir ins Büro und sehen mal, ob wir herausbekommen, wo seine Söhne wohnen«, sagte Wiebke.

»Ist zumindest ein Anfang«, stimmte Evert zu. Sie gingen zurück zum Auto. Während Evert den Hund in den Kofferraum ließ, öffnete Klaas die Haustür und winkte ihnen zu.

»Ich bin so weit durch«, sagte er und kam zu ihnen. »Ich habe keine weiteren Kampfspuren gefunden und eine Menge persönlichen Kram in seinem Arbeitszimmer. Das wirkt etwas durcheinander und steht voll mit Unterlagen zu einem Verein namens Frya Fresena. Da standen auch Fotos vom Toten mit zwei jungen Männern, die ihm echt ähnlich sehen. Möglicherweise sind das seine Söhne oder Neffen.«

»Söhne«, sagte Wiebke. »Von denen hat uns der Nachbar erzählt.«

»Dann habt ihr zumindest Angehörige, mit denen ihr sprechen könnt.«

Evert sah zu seinem Hund, der konzentriert zu etwas sah, das hinter Evert lag. Evert drehte sich um. Am Bürgersteig der Straße ging eine Frau Ende zwanzig mit einem blonden Zopf, der ihr bis auf den Rücken reichte. Sie schob einen Kinderwagen auffallend langsam am Grundstück vorbei und schien sich die Szene genau anzusehen.

»Moin«, sagte Evert und ging die paar Schritte zu ihr. »Kripo Aurich, Evert Brookmer mein Name. Wohnen Sie hier in der Gegend?«

Er sah auf ihrem Gesicht, wie sich Neugierde und Scheu abwechselten. Diese Frau wollte wissen, was geschehen war, und gleichzeitig nicht neugierig wirken. Everts Hoffnung war, dass jemand, der so neugierig war, auch einiges über das wusste, was in der Gegend so geschah.

»Sandra Storck«, stellte sie sich vor. »Ja, ich wohne mit meinem Mann drei Häuser weiter. Wir sind da vor sechs Jahren eingezogen, als unsere Älteste geboren war.«

»Das sind meine Kollegen Wiebke Jacobs und Klaas Behrends«, sagte Evert. »Kannten Sie Herrn Christian Wittmars?«

21

»Kannte?«, echote die Frau. »Wenn die Kripo in der Vergangenheit spricht … Was ist mit Herrn Wittmars geschehen?«

»Es tut mir sehr leid, aber er ist tot und wir ermitteln in seinem Mordfall«, erklärte Evert. »Darum versuchen wir etwas über ihn und sein Umfeld zu erfahren.«

»Oh, ja natürlich«, sagte sie. »Das macht Sinn.«

»Können Sie uns da weiterhelfen?«, fragte Evert.

»Also, ich will ja nicht über andere Leute reden.« Sandra Storck unterbrach sich. Evert wartete ab. »Aber«, fuhr sie fort, »der Herr Wittmars war schon manchmal ein schwieriger Zeitgenosse.«

»Führen Sie das bitte genauer aus«, bat Evert.

»Ach, er war oft so ein Rechthaber, und er ging nicht sonderlich nett mit seiner Ex-Frau um«, sagte sie. »Fand ich zumindest.«

»Seiner Ex-Frau?«, bat Evert sie weiterzusprechen.

»Ja, die war mal vor ein paar Monaten hier, um mit ihm über irgendwas zu reden, und da haben sie sich laut gezofft. Ich wollte ja nicht lauschen, aber wenn man hier auf dem Weg unterwegs ist und die Kleine nur schläft, wenn man in Bewegung bleibt mit dem Wagen, da habe ich halt etwas gehört.«

»Und was haben Sie gehört?«, fragte Wiebke.

»Nur Gemeinheiten, ich erinnere mich nicht an den Wortlaut. Aber dann ist Herr Wittmars einfach reingegangen und seine Frau hat wütend vor seiner Tür gestanden, bevor sie zu ihrem Auto gegangen ist. Ich habe sie gefragt, ob alles okay ist, weil sie nicht so aussah. Wir haben dann kurz geredet.«

»Was erzählte sie?«, fragte Evert.

»Ihr Mann hat wohl kein Geld hergeben wollen, um seinem Sohn aus einer finanziellen Misere zu helfen, wenn ich das richtig verstanden habe. Das ist jetzt schon eine Weile her. Aber ich fand es trotzdem nicht nett, wie er sie da einfach hat stehen lassen.«

»Wissen Sie, wie seine Frau heißt?«, fragte Evert.

»Ja, Josefine Wittmars. Sie hat den Namen nach der Scheidung um der Kinder willen wohl behalten, und dann ist er so geblieben.«

»Kennen Sie die Adresse von Frau Wittmars?«, fragte Evert.

»Sie wohnt in Neu-Barstede, das ist gar nicht weit von hier«, sagte sie und nannte Straße und Hausnummer.

»Woher kennen Sie die, wenn Sie nur einmal mit ihr geredet haben?«, fragte Wiebke.

»Weil eine gute Schulfreundin von mir zwei Häuser weiter wohnt«, sagte Sandra Storck. »Die Larissa Brögemann. Die hat eine ganz schlimme Scheidung durchgemacht und jetzt zwei Kinder von zwei Männern, die sich beide ins Ausland abgesetzt haben. Sie wohnt jetzt bei ihrer Großmutter in Neu-Barstede. Wir haben seit einiger Zeit wieder Kontakt. Es ist mit Kindern einfacher, Kontakt mit Leuten zu halten, die auch Kinder haben, wissen Sie?«

»Verstehe«, murmelte Wiebke. »Haben Sie vielen Dank.«

»Sicher, gerne. Haben Sie denn schon eine Idee, wer Herrn Wittmars umgebracht hat?«

»Nein, wir stehen am Anfang der Ermittlungen«, antwortete Wiebke. »Aber Sie können sicher sein, dass erstmal keine Gefahr für die Bevölkerung besteht.«

»Oh, dann ist ja gut«, sagte sie. »Aber wenn Sie was wissen, dann steht es im Auricher Boten?«

»Zu gegebener Zeit ja«, bestätigte Wiebke.

Die Frau verabschiedete sich von ihnen. Als die Kommissare ihr Fahrzeug erreichten, sahen sie, dass Frau Storck stehen geblieben war und ihnen nachsah. Schließlich setze sie sich in Bewegung und ging die Straße entlang.

»Na, immerhin haben wir jetzt eine Adresse«, sagte Evert.

»Und das Dorf weiß auch, was geschehen ist«, meinte Wiebke. »Da bin ich mir sicher.«

Kapitel 2

Evert und Wiebke verabschiedeten sich von ihrem Kollegen, und nachdem Fiete in seiner Hundebox verstaut war, fuhren sie nach Neu-Barstede. Das kleine Dorf lag nur wenige Fahrminuten von der Bedekaspeler Marsch entfernt und gehörte zur Gemeinde Ihlow im Süden des Landkreises Aurich.

Sie fuhren die Hauptstraße des Dorfes entlang. Hier am Neuen Weg lebte angeblich Christian Wittmars' Ex-Frau Josefine.

Wiebke bog in die Einfahrt eines rot verklinkerten Bungalows ein. Dessen hölzerne Fensterrahmen waren ergraut und sahen aus, als benötigten sie bald einen neuen Anstrich.

Evert stieg aus dem Wagen und ließ seinen Hund aus dem Kofferraum, bevor er seiner Kollegin zur Haustür des Bungalows folgte. Fiete lief neben ihm. Er hatte den Hund nicht an die Leine genommen, weil der schwarze Labrador Retriever eigentlich gut erzogen war und normalerweise aufs Wort hörte.

Wiebke betätigte die Klingel.

Da ein Wagen in der Einfahrt stand, nahmen die beiden an, dass jemand zu Hause sein würde. Neu-Barstede lag selbst für ostfriesische Verhältnisse sehr ländlich. Wer hier wohnte, kam mit seinem eigenen Auto und fuhr auch anschließend wieder damit.

Eine Frau Mitte sechzig öffnete ihnen die Tür. Sie war dünn und ihr schulterlanges Haar wirkte so kräftig braun, dass Evert annahm, dass es gefärbt war. Sie hatte hohe Wangenknochen und kleine Falten um die Mundwinkel herum. Evert glaubte allerdings nicht, dass es Lachfalten waren. Es sah eher aus, als hätte sie meist einen verkniffenen Gesichtsausdruck, der sich über die Jahre eingegraben hatte.

»Ja?«, fragte sie und wirkte auf den Ermittler etwas ungeduldig.

»Moin«, sagte er und reichte ihr seinen Dienstausweis, bevor er sich und seine Kollegin vorstellte. »Wir sind auf der Suche nach Josefine Wittmars«, schloss er.

»Die steht vor Ihnen«, gab die Frau zurück. Ihre Stimme war hoch und wirkte ein wenig schief, was ihr einen unangenehmen Klang gab. »Was wollen Sie von mir? Ich will eigentlich zur Arbeit.«

»Die muss noch ein paar Minuten warten«, sagte Evert. »Sie sind die Ex-Frau von Christian Wittmars?«

»Ja, wieso? Was hat er angestellt? Will er irgendwas, wenn er die Polizei schickt?«

»Wir sind nicht nur von der Polizei, wir sind von der Kriminalpolizei«, erklärte Evert. »Es tut mir sehr leid, Ihnen mitzuteilen, dass Herr Christian Wittmars heute Morgen tot aufgefunden wurde. Wir gehen von einem Gewaltverbrechen aus.«

»Was?«, gab Josefine Wittmars zurück und ihre Stirn legte sich in Falten, als sie irritiert von Evert zu seiner Kollegin sah. »Im Ernst?«

»Ich kann Ihnen versichern, dass es sich nicht um einen Witz handelt«, sagte Wiebke, als die Frau sie ansah. »Es tut uns sehr leid, Ihnen diese Nachricht überbringen zu müssen, aber es ist wahr.«

»Er ist also tot«, murmelte sie. »Wer hat ihn umgebracht?«

»Die Umstände seines Todes wollen wir klären«, sagte Evert. »Dazu müssen wir aber erstmal möglichst viel über sein Umfeld erfahren.«

»Dann sind Sie hier falsch«, gab Josefine Wittmars zurück. »Ich gehöre da nicht mehr zu.«

»Trotzdem kennen Sie ihn besser als wir, und deswegen würden wir gerne mit Ihnen über Ihren Ex-Mann sprechen«, sagte Evert. »Dürfen wir kurz hereinkommen?«

»Na gut, kommen Sie.«

»Darf der Hund mit herein?«, fragte Evert.

»Wenn er sich benimmt«, gab sie zurück.

Sie führte Evert und Wiebke einen kurzen verwinkelten Hausflur entlang in eine ausladende Wohnküche. Die eine Hälfte des Zimmers wurde von einem dunklen Ledersofa sowie einem Sessel eingenommen, die beide auf einen großen Fernseher ausgerichtet waren. Die andere Hälfte des Raumes war optisch deutlich durch beigefarbene Fliesen auf dem Boden und an den Wänden abgegrenzt. Die Holzmöbel der Küchenzeile wirkten etwas älter und waren in einem dunklen Braun gestrichen. Es gab keinen Küchentisch. Josefine Wittmars wies auf das Sofa.

»Bitte setzen Sie sich«, sagte sie und zog sich den Sessel ein wenig zurecht, sodass er gegenüber dem Sofa stand.

Nachdem sich die Kommissare gesetzt hatten, fragte Evert: »Wie war Ihr Verhältnis zu Ihrem Ex-Mann?«

»Gut, weil nicht mehr existent«, sagte sie mit schmalen Lippen ablehnend.

Auch das ist ja ein Verhältnis, dachte Evert. *Das absolute Ablehnen von jemandem gibt demjenigen auch eine Menge Raum im eigenen Leben.*

»Können Sie das trotzdem etwas weiter ausführen?«, bat er diplomatisch. Er wollte wissen, woher der tiefsitzende Groll gegen ihren Ex-Mann kam.

»Also gut, was wissen Sie über meinen Ex-Mann?«, fragte sie.

Fiete, der die ganze Zeit neben dem sitzenden Evert gestanden hatte, sah sich ein wenig im Raum um. Er ging ein paar Schritte, schnüffelte an einem großen Blumenkübel und kam dann wieder zu Evert zurück.

»Eigentlich nichts«, gab Evert zu. »Nicht mal, was er arbeitete. Er hat aber wohl ein paar Filme gedreht.«

»Oh ja, das hat er«, sagte sie. »Er ist aus Greetsiel. Nach dem Abitur ging er in die USA, um seinen großen Traum zu leben: Kameramann in Hollywood zu werden.«

»Ist es ihm gelungen?«, fragte Wiebke.

»Durchaus«, bestätigte Josefine Wittmars. »Es war schwer für ihn. Aber so richtig ist es ihm in den USA nie gelungen, eine große Nummer zu werden. Dafür hat er da seine erste Ehefrau kennengelernt.«

»Kann man sie eventuell erreichen?«, fragte Evert.

»Nein, denn sie lebt nicht mehr«, sagte Josefine Wittmars. »Sie war schon tot, als wir geheiratet haben. Catherine McIntyre war damals eine junge aufstrebende Schauspielerin. Er hat sie beim Dreh irgendeiner Fernsehserie kennengelernt, und sie hat ihn nach wenigen Monaten geheiratet. Sie war bereits als Jugendliche im Fernsehen aktiv und dann gerade dabei, ihre ersten kleinen Rollen in großen Filmen zu bekommen. Sie starb nur zwei Jahre nach der Hochzeit bei einem Autounfall in Los Angeles. Christian hat nie gern davon geredet. Das war ein sehr schweres Thema für ihn.«

»Das kann ich mir vorstellen«, sagte Evert.

»Nein, das können Sie sicher nicht«, gab Frau Wittmars zurück. »Christian war der Mann, der alles im Blick hatte mit seiner Kamera. Ein Kameramann war er auch durch und durch: Es musste so eingefangen werden, wie er wollte. Er drehte die Kamera und entschied, was zu sehen war. Damit setzte er das Narrativ. Er hat es dem Leben nicht verziehen, dass es ihm so unvorbereitet einfach …« Sie hielt auf der Suche nach den richtigen Worten inne. »Dieser Schicksalsschlag hat ihn vollkommen unvorbereitet getroffen. Diese Machtlosigkeit hat er immer gehasst. Das war nichts, was er je richtig verwunden hat. Er wollte immer alles selbst regeln, und das war der Gipfel der Machtlosigkeit. Das ist er nie richtig losgeworden.«

»Was geschah dann?«, fragte Evert. Fiete schien sich zu langweilen und setzte sich neben Evert auf den Boden. Er blieb dort einen Augenblick, erhob sich dann und nahm eine Position einen Meter weiter zur Seite ein.

»Er lebte noch einige Jahre in Hollywood und war als Kameramann vor allem für Fernsehproduktionen tätig«, sagte Josefine Wittmars. »Da hat er gut verdient, und da Catherine sehr sparsam gewesen war, hatte er schnell ein ziemlich dickes Finanzpolster.«

Auch mit seiner jetzigen Position schien Fiete nicht zufrieden zu sein, stand noch einmal auf und legte sich an einem weiteren, ein Stück entfernteren Platz nieder. Diesmal atmete er seufzend aus und schien zufrieden.

»Wie lernten Sie ihn dann kennen?«, fragte Wiebke.

»Er kam einige Jahre später wieder nach Ostfriesland, weil seine Eltern starben und dann einiges organisiert werden musste«, sagte sie. »Er hatte keine Geschwister und nur einen Cousin in Bremen. Der ist inzwischen auch tot. Tja, und da blieb er eine Weile, um alles zu regeln, und lernte mich kennen.« Bitterkeit lag in ihrer Stimme.

»Sie verstanden sich auf Anhieb gut?«, fragte Evert.

»Ich mochte seine Art anfangs sehr«, sagte sie. »Er wusste, was er wollte, und war ein gestandener Mann von Welt. Aus den USA, sogar aus Hollywood. Das wirkte bei mir. Wir heirateten, er blieb hier und wir bekamen zwei Kinder.«

»Wovon lebte er hier?«, fragte Wiebke.

»Wir hätten von seinen Ersparnissen leben können«, sagte sie. »Aber die hat er größtenteils in einige Häuser gesteckt, die wir vermieteten, und damit hatten wir finanzielle Sicherheit. Er hat weiterhin als Kameramann gearbeitet, allerdings nur noch für Projekte, die ihm am Herzen lagen: Tierdokumentationen. Er war immer weniger zu Hause und immer auf irgendeinem Hochstand oder in einem Zelt in der Wildnis, um dort den letzten grüngetüpfelten Bunthasen dabei zu beobachten, wie er durch die Landschaft hoppelt.« Sie machte eine abfällige Geste mit der Hand. »Er lief damit vor dem Familienleben weg. Da bin ich sicher. Er hat mehr Tierbabys beim Großwerden zugesehen als seinen eigenen Kindern.«

»In seinem Haus hingen einige Poster und Zeitungsartikel«, sagte Evert. »Er schien ganz gut zu sein als Tierdokumentarfilmer.«

»Oh, das war er, die Aufnahmen waren toll«, gab sie zu. »Nur mussten es immer Aufnahmen von Tieren sein, die weit weg von uns waren, sehr weit weg.«

»War das der Grund für Ihre Trennung?«, erkundigte sich Evert.

»Nein, das war eine andere Frau«, sagte Josefine Wittmars. »Es ist zwanzig Jahre her, doch ich weiß es noch wie gestern: Er war damals Anfang fünfzig. Während sich andere Männer in der Midlife-Crisis einen Sportwagen zulegen, hat er sich mit einer jungen Naturschützerin in den Masuren vergnügt. Ich habe es nur durch Zufall erfahren. Wer weiß, wie viele es noch gab. Wie sollte ich ihm glauben, dass es nur sie war und nur das eine Mal?« Sie zuckte mit den Schultern. »Da stand ich dann mit zwei Jungs, die elf und zwölf waren, und einem Mann, der sich woanders vergnügte.«

»Was haben Sie getan?«, fragte Wiebke.

»Ich habe mich von ihm getrennt und die beiden allein großgezogen«, sagte sie. Ihre Stimme klang kalt, als sie hinzufügte: »Es ist ja nicht so, als hätte sich dann viel an unserem Alltag geändert. Er war genauso wenig da wie vorher. Alles, was er geschickt hat, war Geld. Die Jungs hätten einen Vater gebraucht, niemanden, der ihnen Geld schickt.«

»Das führte zu einem angespannten Verhältnis zwischen Ihnen und Ihrem Ex-Mann«, sagte Evert diplomatisch. »Haben Ihre Söhne denn noch Kontakt zu ihrem Vater gehabt?«

»Das hatten sie, und es war ihr gutes Recht. Ich mische mich da nicht ein.«

»Aber Sie heißen es nicht gut«, schloss Evert aus der Art, wie sie das sagte.

»Er wollte immer alles so, wie es sein Wille war«, sagte sie. »Es ging immer nur um ihn.«

»Drehte er noch immer Dokumentarfilme?«, fragte Evert.

»Nein, in den letzten Jahren konnte er das Reisen nicht mehr gut vertragen«, sagte Josefine Wittmars. »Florian, einer meiner beiden Söhne, sagte, dass Christian wohl Schwierigkeiten mit seinem Herzen hatte. Er hat Sorge gehabt, weite Reisen zu unternehmen und lange Zeit allein an abgelegenen Orten zu sein. Er hat eine neue Beschäftigung gefunden.«

»Welche war das?«, fragte Evert.

»Er war vor allem für so einen lokalen Heimatverein tätig«, sagte Josefine Wittmars. »Irgendsowas Lokalpatriotisches. Ich habe mich damit nie beschäftigt.«

»Sie haben sich angeblich vor einiger Zeit mit ihm gestritten, worum ging es da?«, wollte Evert wissen.

»Ich habe ihn seit Jahren nicht gesehen«, meinte Josefine Wittmars.

»Vor zwei, drei Wochen sollen Sie bei ihm gewesen sein«, sagte Evert. »Sie baten ihn wohl um Geld.«

»Ach das«, meinte sie und seufzte. »Ja, Florian hat ein Geschäft, das es immer mal schwer hat, und ich wollte einfach mal fragen, ob Christian seinem Sohn nicht etwas Geld zustecken kann. Er hatte immer noch Geld von seiner ersten Frau, er hatte die Einnahmen aus mehreren vermieteten Häusern und einem Ferienhaus … Es ist nicht so, als hätte er am Hungertuch genagt. Er hätte ihm helfen können.«

»Und was hat er gesagt?«, fragte Evert.

»Er sagte, dass man nicht für andere Leute um sowas bitten sollte«, äffte sie vermutlich den Verstorbenen nach.

»Das hat Sie offenbar sehr verletzt«, sagte Evert.

»Ach, meinen Sie?«, gab sie zurück. »Er ist immerhin sein Sohn! Er mag ja hier und da noch andere haben, aber die beiden Jungs sind von ihm. Ich bin nämlich nie fremdgegangen.« Dieser Punkt schien nach Everts Auffassung trotz all der vergangenen Zeit am deutlichsten an dieser Frau zu nagen.

»Was haben Sie dann getan?«, fragte Evert.

»Wollen Sie wissen, ob ich mehr als zwei Wochen später hingegangen bin und ihn umgebracht habe?«, blaffte ihn die Frau an. Eine Strähne ihres Haares fiel ihr ins Gesicht, die sie unwirsch davonwischte.

»Nein, meine Kollegin und ich würden nur gerne wissen, wie Ihr Konflikt weiter verlaufen ist«, sagte Evert ruhig.

»Was soll da weiter verlaufen sein?«, gab sie zurück. »Ich bin zu meinem Auto gegangen und nach Hause gefahren. Er ist ein sturer Esel gewesen, und da hätte ich nichts dran ändern können. Er hat sich immer nur um seine Bedürfnisse gekümmert.«

»Hat Ihr Sohn noch versucht, mit Ihrem Ex-Mann darüber zu sprechen?«, fragte Wiebke.

»Das weiß ich nicht«, sagte sie. »Die beiden haben Kontakt mit ihm, aber wir reden nicht darüber. Ich will das nicht wissen. Es regt mich nur auf.«

»Ansonsten haben Sie Ihren Mann nicht mehr gesehen in letzter Zeit?«, fragte Evert.

»Nein, mehrere Jahre davor nicht, und seit dem einen Versuch, mit ihm zu reden, auch kein einziges Mal«, sagte sie. »Weder gesprochen, noch sonst wie Kontakt aufgenommen. Ist besser so.«

»Dann müssten wir dennoch wissen, wo Sie gestern Abend so gegen sechs Uhr waren«, erkundigte sich Evert.

»Zu Hause«, sagte sie. »Allein, wenn Sie das als Nächstes wissen wollen. Ich habe im Moment keinen Partner.«

Evert war sich unsicher, ob dies eine Spitze gegen ihren Mann sein sollte oder ob da noch mehr war. Also fragte er: »Hatte Ihr Mann eine neue Beziehung?«

»Wer weiß das schon?«, sagte sie. »Fragen Sie die Jungs. Einer von den beiden hat vielleicht etwas aufgeschnappt. Ich will das nicht wissen.«

»Verständlich«, sagte Wiebke. »Doch zu gestern Abend: Gibt es nicht vielleicht doch noch jemanden, der bestätigen kann, dass Sie hier gewesen sind, eine Freundin vielleicht oder haben Sie ein Telefonat geführt?«

»Nein, ich habe gelesen«, sagte Josefine Wittmars. »Da war sonst niemand.«

»Okay«, sagte Evert und reichte der Frau seine Karte. »Unter diesen Telefonnummern erreichen Sie uns jederzeit. Sollte Ihnen noch etwas einfallen, von dem Sie irgendwie denken, es könnte mit dem Fall zusammenhängen, melden Sie sich bitte.«

»Wir hätten dann auch noch gerne Kontaktinformationen von Ihnen«, bat Wiebke. »Falls sich Nachfragen ergeben.«

»Sicher«, sagte Josefine Wittmars und nahm die Karte entgegen. Sie diktierte Wiebke eine Handynummer. »Darunter erreichen Sie mich eigentlich immer. Wenn ich es mal wieder vergesse auf laut zu stellen, hinterlassen Sie mir eine Nachricht. Ich melde mich dann.«

Evert nickte. »Wir würden dann auch gerne die Kontaktinformationen Ihrer beiden Söhne haben«, sagte er.

»Einen Moment«, sagte sie und zog ihr Handy hervor, um ihnen zwei Nummern zu diktieren. Die Adressen nannte sie ihnen auch. »Allerdings denke ich, treffen Sie die beiden um diese Uhrzeit jeweils an Ihren Arbeitsplätzen an. Soll ich die Ihnen auch noch nennen?«

»Ja, bitte«, forderte Wiebke sie auf.

»Also, mein Sohn Florian besitzt seinen eigenen Blumenladen in Norden«, sagte sie. »Der hat sich mit dem Geschäft schon vor einigen Jahren selbstständig gemacht. Das hat er von meiner Tante, die hat den Laden ursprünglich gegründet, und er hat immer ihren grünen Daumen gehabt.«

»Und Ihr anderer Sohn?«, fragte Evert.

»Der Sebastian hat in Sandhorst eine Gebrauchtwagenfirma«, erklärte sie. Noch immer war der Stolz in ihrer Stimme deutlich herauszuhören, den sie für ihre beiden Söhne zu empfinden schien. »Das hat er sich ganz allein aufgebaut. Er verkauft immer viele Wagen und das zu fairen Preisen. Selbst mein Auto habe ich daher bekommen, und zufriedene Kunden sind seine beste Werbung.«

»Sagen Sie, wer erbt jetzt eigentlich alles von Ihrem Ex-Mann?«, fragte Evert.

»Keine Ahnung, ich nehme mal an, die beiden Jungs«, sagte sie und zuckte mit den Schultern. »Ich habe mit Christian nie darüber gesprochen. Ich bin ja seit der Scheidung wohl raus, und Geschwister sind da keine. Ob noch mehr Kinder existieren, weiß ich natürlich nicht.«

»Vielen Dank«, sagte Evert. »Wir melden uns dann bei Ihnen, wenn sich weitere Fragen ergeben.«

Sie verabschiedeten sich von der Frau, verließen das Haus und gingen zum Auto zurück. Evert ließ Fiete sich noch an einem Baum gegenüber der Einfahrt erleichtern, bevor der Hund wieder in seine Box sprang.

Nachdem sich Evert auf den Beifahrersitz gesetzt hatte, startete Wiebke den Motor.

»Wollen wir erst zu dem Bruder nach Norden oder dem nach Sandhorst?«, fragte sie ihren Kollegen.

»Ich würde vorschlagen, wir fahren zuerst nach Norden. Wir können auf dem Rückweg in Sandhorst vorbeisehen und dann anschließend ins Büro, um weitere Recherchen anzustoßen.«

Wiebke nickte und fuhr los.

»Frau Wittmars scheint einen ziemlich großen Groll gegen ihren Mann zu hegen«, sagte Wiebke während der Fahrt. »Und das nach all der Zeit.«

»Tja, die Zeit heilt vielleicht nicht alle Wunden«, meinte Evert. »Manchmal verschorft die Wunde nur.«

»Es half sicher nicht, zwei Söhne zu haben, die einen immer an die verflossene Liebe erinnern.«

»Nein, das half sicher nicht«, sagte Evert. »Aber die Finanzspritze, die ihr Sohn bekommen sollte, wird er jetzt wohl über das Erbe erhalten.«

»Wir sollten das unbedingt überprüfen. Je nachdem, wie das Erbe verteilt wird, wäre das ein sehr klassisches Mordmotiv.«

Sie fuhren eine gute halbe Stunde. Nachdem sie am zentralen Kreisverkehr in Norden am Ostfriesischen Teemuseum vorbeigefahren waren, bogen sie in die Straße Am Markt ein. Gegenüber dem Friedhof lag hier der Blumenladen Wittmars.

Sie parkten am Seitenstreifen und Evert ließ Fiete aus dem Kofferraum heraus. Der Hund sah sich neugierig um. Die großen alten Bäume auf dem Friedhofsgelände spendeten auch hier in der Straße ein wenig Schatten, dadurch war es etwas kühler als in der Nachmittagshitze.

Wiebke betrat zuerst den Laden, gefolgt von Evert und Fiete. Sie durchschritten dabei offenbar auch eine Lichtschranke, denn irgendwo in einem Hinterzimmer des Blumenladens war ein elektronisches Klingeln zu hören. Im Laden war es warm und eine Vielzahl von Blumengerüchen mischte sich zu einem starken, schweren Duft. Fiete musste mehrmals niesen, als er an einer großen roten Blume schnüffelte. Dann entdeckte der schwarze Labrador Retriever eine Wasserschale neben der Eingangstür, über der in verschnörkelter Handschrift »Hundetankstelle« auf einem Holzschild stand.

Fiete sah zu Evert. Der nickte. »Trink ruhig«, sagte er.

In diesem Augenblick betrat ein Mann Anfang dreißig durch eine angelehnte Tür hinter der schweren, eichenen Theke, auf der die Kasse stand, den Verkaufsraum.

»Moin«, grüßte er die beiden. Der Mann war eindeutig der Sohn von Christian Wittmars. Er sah aus wie eine jüngere Version von ihm, allerdings mit strohblonden, kurzen Haaren. »Was kann ich denn für euch beide tun?«

»Moin, Kripo Aurich«, sagte Evert und zeigte seinen Dienstausweis, bevor er sich und seine Kollegin vorstellte. »Sie sind Florian Wittmars?«

»Jo, das bin ich«, bestätigte der Mann. »Was wollen Sie denn?« Er wechselte nun doch ins Siezen, nachdem ihm Evert seinen Ausweis gezeigt hatte.

»Herr Wittmars, es tut uns sehr leid, Ihnen mitteilen zu müssen, dass Ihr Vater tot ist«, sagte Evert.

»Christian ist tot«, sagte Florian Wittmars, und es schien mehr eine Versicherung für ihn selbst zu sein als eine Frage. »Christian ist also tot.«

»Ja, Ihr Vater wurde heute Morgen tot aufgefunden, und es sieht alles nach einem Tötungsdelikt aus«, fuhr Evert fort, der durchaus bemerkte, dass Florian Wittmars seinen Vater beim Vornamen nannte. »Darum sind wir hier.«

»Ein Tötungsdelikt«, meinte Florian Wittmars. »Das klingt sehr ... klinisch. Jemand hat ihn ermordet, meinen Sie.«

»Ja«, bestätigte Evert. Es gab nichts daran herumzureden oder zu beschönigen.

»Wissen Sie, wie er gestorben ist?«

»Aus ermittlungstaktischen Gründen würden wir das gerne nicht ausführen«, sagte Wiebke. »Es handelt sich dabei um Täterwissen, und das kann uns helfen, den Mörder zu überführen.«

»Verstehe, und ich bin offenbar verdächtig genug, mir das vorzuenthalten«, sagte Florian Wittmars. »Na gut.«

»Bitte nehmen Sie das nicht persönlich«, bat Evert ihn. »Wir sind nur daran interessiert, den Täter zu finden. Da haben wir uns an gewisse Regeln zu halten.«

»Sicher«, sagte Florian Wittmars und ein Ruck schien durch ihn zu gehen, als er sich fasste. »Sicher. Also gut, was wollen Sie von mir hören? Stellen Sie bitte Ihre Fragen!«

»Wie war Ihr Verhältnis zu Ihrem Vater?«, fragte Evert.

»Es ist in den letzten Jahren besser geworden«, gab Florian Wittmars nach einem Moment des Nachdenkens zu. »Das kann man auf jeden Fall sagen.«

»Wie meinen Sie das?«, fragte Wiebke.

»Na ja, ich weiß nicht, was Sie so wissen«, sagte Florian Wittmars. »Also, meine Ma ist nicht gut auf Christian zu sprechen gewesen, weil sie sich vor gut zwanzig Jahren von ihm getrennt hat. Da war ich zwölf. Das habe ich voll mitbekommen und das war nicht schön. Christian hat wohl auf einer seiner Reisen eine andere gehabt, und Ma hat ihm das nie verziehen. Ist heute noch so ein Thema, das Sie besser nicht anschneiden.«

»Das hat Ihr Verhältnis dann auch beeinflusst, nehme ich an«, sagte Evert, als sein Gegenüber einen Moment schwieg und nicht weitersprach.

»Ja«, nahm Florian Wittmars den Faden wieder auf. »Da ging es dann immer nur um die schlechten Seiten von

Christian. Meine Mutter hat … Ich will nicht schlecht über sie reden. Sie hat es sehr schwer gehabt.«

Evert nickte und schwieg nun selbst, weil er sehen konnte, wie Florian Wittmars seine Worte genau abwog. »Tja, und sie hat dann schon oft sehr schlecht über unseren Vater geredet«, sagte Florian Wittmars. »Sie hat auch nicht gewollt, dass er Zeit mit uns verbrachte, wenn er mal da war, und sie hat behauptet, dass er nie zu Hause war, weil er uns nicht mochte. Aber heute sehe ich das differenzierter.«

»Und zwar?«, fragte Wiebke.

»Tja, er hatte erst als Kameramann in den USA Geld verdient, aber so richtig seine Leidenschaft wurde das Filmen von Tierdokumentationen«, sagte Florian Wittmars. »Christian reiste nur für eine Aufnahme eines seltenen Tieres monatelang durch die Masuren, und die Dokumentationen waren toll. Er hatte so ein inneres Feuer, das brannte dafür, die Umwelt zu zeigen und zu dokumentieren, damit andere sie erfahren können. Er sagte immer, man kann nur schützen, was man schätzt. Heute habe ich einen eigenen Laden, und ich verstehe ihn besser.«

»Erklären Sie mir das bitte. Was hat ein Blumenladen mit einem Tierdokumentationsfilmer gemeinsam?«, fragte Evert neugierig.

»Es ist mein Laden, mein eigener«, sagte Florian Wittmars. »Und ich stecke Überstunden rein, renoviere nach Feierabend, ich investiere Zeit in das hier. Das ist meine Aufgabe, mein Herz hängt daran. Das ist aber nicht immer so vereinbar damit, wenn man auch noch andere Verpflichtungen wie zum Beispiel ein Kind hat.«

»Haben Sie eine eigene Familie?«, erkundigte sich Wiebke.

»Nein, und ich denke, ein Teilgrund dafür ist, dass ich bisher keine Frau gefunden habe, die akzeptiert, dass meine Arbeit einen gewissen Teil meiner Zeit nun mal ohne Wenn und Aber einnimmt«, sagte er. »Darum verstehe ich den Christian heute besser. Er war unterwegs, weil er tun wollte, was ihm wichtig war, und uns ging es ja nicht schlecht. Wir hatten es gut und er hat immer großzügige Summen an Ma überwiesen. Er ist ruhiger geworden in den letzten Jahren. Er konnte auch nicht mehr reisen, und da haben mein Bruder und ich ihn öfter mal auf eine Tasse Tee besucht.«

»Das hat Ihr Verhältnis dann verbessert«, schloss Evert.

»Ja, manchmal muss man mit den Leuten halt reden, um festzustellen, dass es einen anderen Standpunkt gibt«, sagte Florian Wittmars und zuckte die Schultern. »Das klingt banal, aber wenn Sie so lange erklärt bekommen, dass Ihr Vater Sie eigentlich nicht mag … glauben Sie das einfach ungefragt, ohne mit ihm zu reden.«

»Das Verhältnis zwischen Ihrem Bruder und Ihrem Vater wurde auch besser?«, fragte Evert.

»Ja, Sebastian ist ein Jahr jünger als ich, und er hat damals genauso wie ich eher unserer Mutter geglaubt«, sagte Florian Wittmars. »Aber er sieht das heute auch etwas anders. Ich verstehe es ja auch gut, unsere Ma hat es damals nicht leicht gehabt, und jemandem die Schuld zu geben, kann einen sehr entlasten.«

»Ja, natürlich«, sagte Evert. »Wussten Sie, dass Ihre Mutter vor zwei Wochen bei Ihrem Vater war?«

»Nee, wieso das denn?«, fragte er und hob die Augenbrauen. »Ich dachte, die haben seit Jahren nicht mehr geredet, seit die Unterhaltszahlungen weggefallen sind, weil wir beide auf eigenen Beinen standen. Worum ging es denn?«

»Soweit wir wissen, wollte sie ihn um Geld bitten«, sagte Evert. »Für Sie.«

»Für mich?«, gab Florian Wittmars zurück.

»Ja, können Sie sich vorstellen, wieso?«, hakte Evert nach.

»Ja.« Florian Wittmars bewegte seinen Mund ein wenig, als würde er auf den Worten herumkauen, bevor er sie aussprach: »Also, finanziell läuft es in letzter Zeit nicht so gut. Die Geschäftsräume sind alt, und ich habe zwar vieles selbst gemacht, aber wir haben hier einen Wasserschaden am Dach. Das wird ziemlich teuer, und ich bin mir nicht sicher, ob ich das selbst stemmen kann. Die Bank will ungerne einen Kredit geben, weil meine Geschäftszahlen zwar in Ordnung sind, aber nicht so beeindruckend, wie sie es gerne hätte.«

»Da käme eine Finanzspritze Ihres Vaters gerade richtig«, schloss Evert.

»Das schon, aber ich habe ihn nie gefragt.«

»Wieso nicht?«, wollte Evert wissen.

»Weil es keinen Sinn gemacht hätte«, sagte der Blumenladenbesitzer. »Christian hat viel Geld, aber er würde es mir nicht für sowas geben. Das ist meine Schlacht, hätte er gesagt, und die muss ich selbst ausfechten. Er war immer schon so. Das ist auch okay, oder war es, muss ich ja jetzt sagen. Ich habe ihm das nie übel genommen. Er wollte uns nicht verderben, indem er uns alles bezahlt.«

»Wann haben Sie Ihren Vater das letzte Mal gesprochen?«, erkundigte sich Wiebke.

»Das ist jetzt schon eine Weile her«, sagte Florian Wittmars. »Mein Vater hatte vor zwei Monaten einen Stand mit seinem Verein hier auf einem Stadtfest in Norden. Da war ich mit meinem Bruder und wir haben Christian da mehr zufällig getroffen und uns kurz unterhalten.«

»Seitdem haben Sie ihn nicht gesprochen oder getroffen?«, fragte Evert.

»Nein, das muss das letzte Mal gewesen sein«, meinte Florian Wittmars.

»Wo waren Sie gestern Abend ab etwa sechs Uhr?«, fragte Evert.

»Ich war so bis fünf Uhr hier im Laden, aber es war nicht mehr viel los. Da habe ich erstmal die Finanzen gemacht«, überlegte er. »Also, ich habe die Unterlagen vorbereitet. Es blieb an dem Tag viel liegen, weil es eine Hochzeit gab, die ich beliefert habe, und an dem Tag auch eine Beerdigung war, um die ich mich kümmern musste. Da musste dann abends noch einiges gemacht werden: Blumen müssen bestellt werden, Zulieferer springen einem ab und man muss einen Ausweichlieferanten finden. Sowas. Das habe ich bis ungefähr fünf, also Ladenschluss, gemacht. So lange braucht man hier nicht aufzuhaben, abends passiert hier nichts mehr. Dann bin ich angeln gefahren.«

»Wo sind Sie hingefahren?«, fragte Wiebke.

»An den Kanal nahe dem Großen Meer in Südbrookmerland«, sagte er. »Da fängt man um diese Jahreszeit vor allem Aal und Zander. Sind richtig dicke Dinger dabei.«

»Waren Sie allein?«, fragte Evert.

»Nein, mein Bruder war dabei. Wir haben uns da getroffen, so um halb sechs, denke ich. Vielleicht ein paar Minuten später, ich habe nicht genau auf die Uhr gesehen.«

»Wie lange waren Sie beide dann angeln?«, fragte Wiebke.

»Bis Mitternacht ungefähr«, erinnerte sich Florian Wittmars. »Dann sind Sebastian und ich nach Hause gefahren. Also jeder zu sich. Er wohnt in Neßmersiel, ich wohne hier drüber.« Er deutete mit dem Finger nach oben.

»Haben Sie was gefangen?«, fragte Evert.

»Nein, leider nicht«, sagte Florian Wittmars. »Diesmal wollten sie nicht. Letztes Mal war ein gewaltiger Zander dabei.« Er zeigte mit den Händen, wie groß er gewesen war. »Der war echt lecker. Mein Bruder und ich treffen uns dann öfter mal am Wochenende und grillen die Fische, die wir so fangen.«

»Hat Sie beide vielleicht jemand beim Angeln gesehen?«, fragte Evert.

»Nein, ich denke nicht«, meinte Florian Wittmars. »Da ist es recht einsam um die Uhrzeit.«

»Verstehe«, sagte Evert.

»Gab es im Leben Ihres Vaters eine neue Frau?«, erkundigte sich Wiebke.

»Nee, nicht dass ich wüsste«, sagte Florian Wittmars. »Aber ich weiß auch nicht, ob Christian mir das erzählt hätte.«

»Sagen Sie, können Sie sich jemanden vorstellen, der Ihrem Vater schaden wollte?«, fragte Evert.

»Ich hab keine Ahnung, wer ihn getötet hat«, sagte Florian Wittmars. »Sowas ist doch … das löst keine Probleme. Er war nicht immer einfach, aber ihn töten? Das bringt doch nichts. Die einzigen Leute, mit denen er in letzter Zeit Streit hatte, waren, glaube ich, Leute, die ihn wegen des Vereins nicht mochten.«

»Des Vereins?«, fragte Evert. »Sie meinen den Heimatverein?«

»Ja, so kann man das nennen«, meinte Florian Wittmars. »Der Verein Frya Fresena ist nach dem friesischen Wahlspruch benannt und soll an die Tradition der friesischen Freiheit anknüpfen. Sowas von wegen ungebeugt und unabhängig, das wollen sie sein.« Er zuckte mit den Schultern. »So manche fanden das gar nicht gut. Der Verein will ja wohl auch, dass Ostfriesland ein eigenes Bundesland wird, so wie das Saarland.«

»Das war uns nicht bewusst«, sagte Evert. »Hat das jemanden im Besonderen gegen ihn aufgebracht?«

»Ich weiß keine Namen, nur dass er böse Briefe und auch mal Drohungen bekommen haben soll. Christian hat das aber immer abgetan und gesagt, wenn sich da mal jemand Luft macht, sei das okay. Veränderung würde immer Kritiker hervorrufen, aber die meisten würden nicht handeln. Die meisten Leute seien wie Hunde, die nur bellen, aber nicht beißen.«

»Es wäre gut, etwas mehr zu wissen«, sagte Evert. »Bewahrte er die Drohungen auf?«

»Das weiß ich nicht«, sagte Florian Wittmars. »Aber Sie können ja bei den Vereinsleuten fragen. Die sollten das wissen.«

»Das machen wir«, sagte Evert. »Das wäre dann erstmal alles von uns. Wir haben von Ihrer Mutter eine Telefonnummer erhalten, stimmt die?« Er las sie vor.

»Ja, darunter erreichen Sie mich jederzeit«, sagte Florian Wittmars. »Wie geht es meiner Mutter? Wie hat sie die Nachricht aufgenommen, meine ich.«

»Ganz gut, würde ich sagen«, gab Evert zurück. »Sie schien vom Tod ihres Ex-Mannes nicht sonderlich mitgenommen zu sein.«

»Nein, vermutlich nicht«, stimmte Florian Wittmars zu. »Das Verhältnis der beiden war schon lange sehr … distanziert. Darum wunderte mich auch, dass sie bei ihm gewesen sein soll. Ich werd sie nachher mal anrufen und fragen, wie es ihr geht.«

»Machen Sie das«, sagte Evert. »Wer beerbt Ihren Vater eigentlich?«

Florian Wittmars zog ein wenig die Augenbrauen zusammen. »Wieso?«, fragte er.

»Weil wir das klären müssen«, sagte Evert. »Wie wir gehört haben, war Ihr Vater nicht unvermögend.«

»Er hat einige Häuser, und die Mieten bringen ganz gut was ein«, sagte Florian Wittmars. »Wir haben uns jedenfalls keine Sorgen um ihn gemacht. Ich denke mal, mein Bruder und ich werden etwas erben.«

»Aber Sie wissen nicht genau, wie das Erbe jenseits des Pflichtteils geregelt ist?«, fragte Evert.

»Ich weiß, dass Christian vor einigen Jahren mal was dazu gesagt hat, also dass er ein Testament gemacht hat und wir was bekommen«, sagte Florian Wittmars. »Aber das habe ich mir nicht so gemerkt. Er wollte immer, dass wir auf eigenen Beinen stehen, und ich kann nicht ausschließen, dass er alles, was über den Pflichtteil hinausgeht, an seinen geliebten Verein spendet. Sie müssen das mit dem Notar besprechen, den er hatte. Der wohnt, glaube ich, in Aurich. Aber den Namen weiß ich nicht. Fragen Sie nochmal meinen Bruder, der weiß das vielleicht.«

»Das finden wir heraus«, sagte Evert, und sie verabschiedeten sich von Florian Wittmars.

Sie gingen zurück zum Auto. Als Evert seinem Hund die Kofferraumklappe öffnete, lief der schwarze Labrador Retriever zu einem nahegelegenen Baum und erleichterte sich dort ausgiebig. Dann kam er erst zu Evert zurück und sprang in seine Box.

Evert und Wiebke stiegen in den Wagen ein und Wiebke fuhr zurück nach Aurich.

»Ist dir aufgefallen, wie er seinen Vater immer nur beim Vornamen nannte?«, meinte Wiebke unterwegs.

»Ja, das Verhältnis scheint recht distanziert gewesen zu sein«, meinte Evert.

»Ist ja auch kein Wunder, bei dem, was er so erzählt hat. Er sieht auch noch aus wie sein Vater. Stell dir vor, wie es für Josefine Wittmars gewesen sein muss, stets das Gesicht ihres Ex-Mannes zu sehen.«

»Das war sicher zusätzlich unangenehm«, stimmte Evert zu. »Wer weiß, ob sie ihren Sohn das nicht hat spüren lassen.«

»Allerdings ist es natürlich sehr praktisch für ihn und seinen Bruder, sollte ihnen tatsächlich eine größere Summe vererbt worden sein.«

»Wenn das nicht alles an diesen Verein geht«, sagte Evert. »Den sollten wir uns nachher genauer ansehen.«

»Unbedingt«, stimmte seine Kollegin zu.

Kapitel 3

Sie kehrten von Norden zurück nach Aurich. Dabei fuhren sie nicht direkt zur Polizeiwache, sondern zuerst zum Gewerbegebiet Sandhorst, das im Norden der Stadt lag. Dort lag der Gebrauchtwagenverkauf von Sebastian Wittmars. Wiebke parkte auf dem großen Parkplatz an der Dornumer Straße. Hier verkündete eine Reklame in geschwungener schwarzer Schrift auf blaurotem Grund, dass Wittmars' Wagen das beste Preis-Leistungs-Verhältnis hätten.

Auf der Parkfläche vor dem Geschäft reihten sich Fahrzeuge aller Größen und Typen aneinander. Hinter großen Glasscheiben standen weitere, etwas teurere Autos sowie ein Oldtimer auf einer kleinen Bühne.

Evert und Wiebke stiegen aus dem Dienstwagen. Evert ließ den schwarzen Labrador Retriever aus der Box im Kofferraum.

»Ich sehe schon, warum Sie bei uns sind«, sagte ein junger, schlaksig gebauter Mann Anfang zwanzig in einem kurzärmeligen schwarzen Hemd, der direkt auf sie zukam. »Bei so einem Wagen würde ich auch nach etwas anderem suchen. Ist der Hund im Kofferraum, haben Sie keinen Platz mehr, um in den Urlaub zu fahren, richtig? Da hätten wir einige sehr hübsche Kombis für Sie, oder wollen Sie lieber einen Transporter? Wenn Sie mehrere Kinder haben, sind Sie sehr dankbar für den zusätzlichen Platz. Das kann ich garantieren. Da muss man auch an die Zukunft denken.«

»Im Allgemeinen verreisen wir nicht zusammen«, sagte Evert, zog seinen Dienstausweis und stellte sich und Wiebke vor.

»Die Kripo?«, fragte der Mann überrascht und aus dem Konzept gebracht. »Was wollen Sie hier? Braucht die Polizei neue Wagen? Wir hätten Sportwagen, mit denen Sie jeden Verbrecher fangen.«

»Das richte ich den Kollegen von der Verkehrspolizei gern aus«, meinte Evert. »Aber wir sind hier, weil wir mit Sebastian Wittmars sprechen wollen.«

»Natürlich«, sagte der Mitarbeiter von Wittmars. Das Namensschild an seiner Brust verriet, dass er Enno Preuß hieß.

»Kann man den Hund streicheln?«, fragte ein Mann, der zwischen den Autos hindurch auf sie zulief. Er wirkte müde, war unrasiert, seine Haare sahen ein wenig verfilzt aus und standen von seinem Kopf ab. Sein grün-grau gestreiftes knittriges Hemd steckte nicht ganz in der Jeanshose, die er trug.

»Grundsätzlich ja, aber nur, wenn er es will«, sagte Evert. Er hatte nicht bemerkt, wie Fiete einige Schritte zu dem Mann gelaufen war und neugierig an ihm schnüffelte.

»Dann versuch ich mein Glück«, sagte der Mann und kraulte den Kopf des Labrador Retrievers. Fiete ließ die Zunge heraushängen und zog die Lefzen hoch, was aussah, als würde er lächeln.

»Geert, du weißt, was Sebastian gesagt hat«, sagte der Mitarbeiter nun zu dem unrasierten Mann. »Du sollst nicht immer über unser Grundstück abkürzen. Okay?«

»Ist ja schon gut, ich war mir nur ein wenig die Beine vertreten und der Hund hat angefangen«, sagte der als Geert Angesprochene. »Der wollte gestreichelt werden. Sah man in seinen Augen.«

»Ja, aber jetzt ist gut«, sagte Enno Preuß.

»Na dann, schönen Tag noch«, sagte Geert und ging.

»Entschuldigen Sie Flaschen-Geert«, sagte der Mitarbeiter. »Er lebt auf dem angrenzenden Grundstück in einem Wohnwagen und manchmal rennt er hier herum. Er ist harmlos, nur nicht so ein schöner Anblick, und Sie sollten auch nicht in Riech-Reichweite kommen.«

»Er wohnt da dauerhaft?«, fragte Wiebke überrascht. »Im Gewerbegebiet kann er ja nicht gemeldet sein.«

»Er hat da einen Wohnwagen stehen, ist mit dem Betreiber des Baumarkts drüben abgesprochen. Er kann da auch, glaube ich, die Toiletten benutzen. Ist eine nette Geste, find ich. Jeder kann mal abrutschen, oder?«

»Trotzdem ist das Wohnen in einem Gewerbegebiet nicht gestattet«, sagte Wiebke, doch Evert unterbrach sie.

»Wir sind allerdings nicht deswegen hier«, sagte er und wandte sich an den jungen Mann. »Könnten Sie uns bitte zu Sebastian Wittmars bringen?«

»Der Baas ist in seinem Büro. Denk ich zumindest.«

Herr Preuß führte sie in das Gebäude, vorbei an einer Reihe von geparkten Fahrzeugen, die so frisch poliert aussahen, als wären sie nagelneu aus dem Werk. An der Rezeption saß ein Kollege des Mannes und grüßte sie. Dann führte sie der schlaksige Mann daran vorbei in den hinteren Bereich durch einen kleinen Flur. Er klopfte an eine Tür.

»Herr Wittmars?«, fragte er laut.

»Ja, komm rein«, kam es aus dem Inneren zurück.

Enno Preuß öffnete die Tür und führte sie in ein großzügiges Büro, das aufgrund von mehreren großen Blumenkübeln vollgestellt wirkte, die sowohl auf dem Boden als auch in den Regalen des Zimmers standen. In den Blumenkübeln wuchsen Tulpen. Dutzende von ihnen waren am Blühen. Der Tulpengeruch war stark und Evert musste unwillkürlich an den Laden von Florian Wittmars denken.

»Moin«, grüßte Evert und zeigte seinen Dienstausweis, bevor er sich und seine Kollegin vorstellte. »Wir würden gerne einen Moment allein mit Ihnen sprechen, geht das?«

»Ja, sicher«, sagte Sebastian Wittmars. Für Evert war sofort ersichtlich, dass dieser Mann der Bruder von Florian Wittmars und der Sohn von Christian Wittmars war: Die Ähnlichkeit der drei war deutlich, auch wenn Sebastian Wittmars erheblich weniger Haare auf dem Kopf hatte als die anderen beiden.

Während der Mitarbeiter den Raum verließ, schnüffelte Fiete aufmerksam an einer der Tulpenblüten und musste niesen.

»Ist er gut erzogen?«, fragte Sebastian Wittmars.

»Eigentlich ja, wieso?«, fragte Evert.

»Weil Tulpenblüten für Hunde giftig sind. Nehmen Sie ihn bitte zu sich. Wie Sie sehen, habe ich einige davon hier herumstehen.«

Evert und Wiebke setzten sich auf die beiden freien Stühle gegenüber von Sebastian Wittmars' Arbeitsplatz und Evert nahm seinen Hund zu sich. Er hielt den schwarzen Labrador Retriever vorsichtig am Halsband, damit er in seiner Nähe blieb.

»Ich weiß, es ist ein wenig voll durch die Blumen, aber mein Bruder schenkt mir immer wieder welche, weil er weiß, wie sehr ich Tulpen mag«, sagte Sebastian Wittmars. »Ist so ein schrulliges Hobby von mir, wenn Sie so wollen. Tulpen und Autos. Passt jetzt nicht so gut zusammen, aber man sucht sich seine Leidenschaften ja nicht aus, oder?« Er grinste. »Also, was gibt es?«

»Herr Wittmars, es tut uns sehr leid, Ihnen mitteilen zu müssen, dass Ihr Vater tot ist«, sagte Evert.

Das Lächeln schmolz regelrecht vom Gesicht seines Gegenübers. »Bitte? Mein Vater ist tot, wurde er ermordet?«

»Ja, leider«, bestätigte Evert. Die Vermutung lag nahe. Immerhin saß er als Mitarbeiter der Kriminalpolizei vor diesem Mann.

Sebastian Wittmars lehnte sich zurück und schüttelte ungläubig den Kopf. »Das ist … wie kommen Sie darauf? Was ist geschehen?«, fragte Sebastian Wittmars.

»Ihr Vater wurde heute am frühen Nachmittag vom Postboten tot aufgefunden«, sagte Evert. »Er lag bei den Apfelbäumen, als wäre er von der Leiter gefallen. Allerdings gehen wir von einem vertuschten Verbrechen aus.«

»Ich weiß nicht, was ich sagen soll«, meinte Sebastian Wittmars. »Ich kann nicht glauben, dass jemand Christian umgebracht haben soll. Das ist ungeheuerlich.«

»Es ist sicherlich ein Schock für Sie«, stimmte Evert zu. »Dennoch würden wir Ihnen gerne einige Fragen stellen.«

»Natürlich, bitte, was immer Sie wissen müssen.«

»Wir wüssten gerne etwas mehr über Ihren Vater«, sagte Evert.

»Christian war nicht immer leicht im Umgang. Haben Sie schon mit meiner Mutter geredet?«

»Das haben wir«, bestätigte Evert.

»Dann wissen Sie ja, dass er Ma mal betrogen hat und dass sie geschieden waren. Sie hatten viele Jahre nichts mehr miteinander zu tun. Mein Bruder und ich haben uns aber Christian wieder angenähert. Das war, nachdem wir zu Hause ausgezogen sind. Da sind wir einfach mal zu ihm gefahren und wollten reden, über alles.«

»Das verbesserte die Beziehung?«, fragte Evert.

»Eigentlich hatten wir vor, ihm die Meinung zu geigen und zu gehen«, sagte Sebastian Wittmars. »So sind wir damals zu ihm gefahren und dann … tja. Dann war da dieser Mann, der uns so fremd geworden war, und lud uns auf eine Tasse Tee ein, und wir haben geredet. Ich denke, mein Bruder und ich sind Christian seitdem immer wieder etwas nähergekommen. Nicht total dicke, aber immerhin. Manchmal muss man auf die Leute eben zugehen.« Er hielt inne und sagte dann nachdenklich: »Jetzt ist er tot. Sie sind wirklich sicher, dass es kein Unfall war?«

»Ja, sind wir«, sagte Evert.

»Unfassbar«, meinte Sebastian Wittmars.

»Können Sie sich jemanden vorstellen, der einen Groll gegen Ihren Vater gehegt haben könnte?«, fragte Wiebke.

»Nee, nicht wirklich«, sagte Sebastian Wittmars nachdenklich. »Christian war immer schwierig und auch ziemlich direkt. Er hat jedem seine Meinung sagen müssen, aber so richtigen Ärger hatte er lange nicht mehr. Früher gab's immer mal Streit mit Filmstudios und auch mal wegen seiner Tierdokumentationen. Da hat er sich nicht immer an alle Auflagen gehalten, wenn er in manchen Gebieten unterwegs war. Aber in den letzten Jahren wüsste ich nichts. Na ja, vielleicht.« Er wirkte nachdenklich. Evert wartete ab und gab seinem Gegenüber Zeit, den Gedanken zu Ende zu führen. Schließlich sagte Wittmars: »Also Christian hat auch wegen seines Vereins immer mal richtig Ärger bekommen. Ich weiß da aber nichts Genaues. Habe aber mal in der Zeitung gelesen, dass die Leute nicht alle sehr glücklich waren. Vielleicht sollten Sie da suchen.«

»Das werden wir uns auf jeden Fall genauer ansehen«, versprach Evert. »Wo waren Sie gestern Abend, so ab sechs Uhr?«

»Ich?«, gab Sebastian Wittmars irritiert zurück. »Ich war unterwegs. Mit meinem Bruder.«

»Was haben Sie unternommen?«, fragte Wiebke, um die Aussage von Florian Wittmars zu verifizieren.

»Wir waren angeln, sicher so ab halb sechs. Wir haben versucht, Zander im Kanal beim Großen Meer zu angeln. Leider haben wir nichts gefangen. Wieso?«

»Weil wir routinemäßig klären müssen, wer sich zu welchem Zeitpunkt wo aufgehalten hat«, sagte Evert.

»Verstehe«, sagte der Gebrauchtwagenhändler. »Das kenn ich von meinem Beruf. Wenn Sie die Geschichte eines Autos kennen, können Sie seinen Zustand besser einschätzen. Ein verdächtig niedriger Kilometerstand wirkt viel plausibler, wenn das Auto nur von einer Rentnerin zum Supermarkt und zurück gefahren wurde und ansonsten in der Garage stand.«

»So in etwa«, stimmte ihm Evert zu. »Wann haben Sie Ihren Vater das letzte Mal gesprochen?«, fragte er.

»Ist eine Weile her«, überlegte Sebastian Wittmars. »Ich war auf dem Stadtfest in Norden, habe meinen Bruder besucht. Da hat Christian einen Stand von seinem Verein gehabt. Wir haben Christian da mehr zufällig getroffen und uns kurz unterhalten.«

»Danach hatten Sie keinen Kontakt?«, fragte Evert.

»Nein, Christian und ich waren nicht so eng miteinander«, sagte Sebastian Wittmars. »Ich rufe meine Mutter regelmäßig an, um zu hören, wie es ihr geht, aber ihn nicht. Nur weil wir uns jetzt besser verstanden, hieß das nicht, dass sich plötzlich die ganze Dynamik unserer Beziehung änderte.«

»Das ist nachvollziehbar«, meinte Evert. »Sagen Sie, wer erbt jetzt eigentlich alles?«

»Das weiß ich nicht«, meinte Sebastian Wittmars. Er zuckte mit den Schultern. »Mein Bruder und ich bekommen sicher einen Pflichtanteil, aber wer weiß, was mit dem Rest geschieht? Christian hat es vielleicht alles dem Verein vermacht. Zuzutrauen wäre es ihm. Der Verein füllte ihn sehr aus. Möglicherweise vermacht er es auch irgendeiner Heimatschutzvereinigung, die irgendeine Fläche damit unter Naturschutz stellt. Das war ihm als Tierdokumentationsfilmer auch immer sehr wichtig.«

»Wussten Sie, dass Ihr Bruder Geldsorgen hat?«, fragte Evert.

Sebastian Wittmars hob eine Augenbraue. »Ja, hat er Ihnen das so frei heraus erzählt?«, fragte er.

»Nein, wir wissen es, weil Ihre Mutter Ihren Vater gebeten hat, ihm Geld zu geben«, sagte Evert.

»Oh, das wusste ich nicht«, sagte Sebastian Wittmars. »Das sieht ihr gar nicht ähnlich, so zu ihm zu gehen und direkt mit ihm zu reden. Das haben die sicher lange schon nicht mehr gemacht.«

»Es war auch wohl nicht von Erfolg gekrönt«, sagte Evert.

»Kann ich mir vorstellen«, meinte Sebastian. »Mein Bruder hat gerade eine schwierige Phase, aber das wird sich klären. Ich habe hier meine Gebrauchtwagenfirma, aber obwohl es gut läuft, schwimme ich leider nicht so sehr in Geld, dass ich auf einen Schlag seine Probleme lösen kann. Aber ich kann ihm kleinere Zahlungen geben, das bekommen wir hin. Dafür bekomme ich dann freundlicherweise immer wieder neue Pflanzen.« Er deutete auf die Tulpen. Er wirkte nachdenklich

49

und sagte dann: »Jetzt ist Christian tot. Ich kann das gar nicht richtig glauben. Ich meine, wir waren vielleicht nicht so eng, aber man erwartet das nicht. Ich weiß auch nicht. Ich weiß nicht, was ich gerade fühlen soll. Tut mir leid, wenn ich etwas durcheinander wirke.«

»Kein Problem, Herr Wittmars«, sagte Evert. »Wir verstehen, dass das nicht leicht für Sie sein dürfte. Man braucht Zeit, mit so einer Nachricht umzugehen, und die Leute reagieren sehr unterschiedlich.«

»Danke für Ihr Verständnis«, sagte er. »Kann ich Ihnen noch irgendwie helfen?«

»Nein, das wäre erstmal alles«, sagte Evert.

Er ließ Fiete los, als er aufstand. »Wir melden uns, wenn wir noch Fragen haben. Wenn Sie hingegen noch etwas haben, das Ihnen einfällt, melden Sie sich auch bei uns.« Er reichte ihm seine Karte.

»Das mache ich«, sagte Sebastian Wittmars. »Ich wünsche Ihnen alles Gute bei der Aufklärung des Todes meines Vaters. Wenn es ein Mord war, finden Sie bitte alles heraus, was Sie können.«

»Das machen wir«, sagte Evert. Wiebke öffnete die Bürotür und Evert folgte ihr. »Bei Fuß!«, wies er seinen Hund an und Fiete folgte ihm nahe an seinen Beinen.

Kapitel 4

Wiebke und Evert gingen zurück zu ihrem Auto. Nachdem Evert seinen Hund in die Box im Kofferraum gelassen hatte, fuhren sie los. Der Weg zurück zur Polizeiwache Aurich war nicht weit. Wiebke fuhr in den Innenhof des rot verklinkerten Backsteingebäudes. Dort parkten sie neben anderen Fahrzeugen der Polizeibereitschaft.

Sie stiegen beide aus dem Wagen, und nachdem Evert seinen Hund aus dem Kofferraum gelassen hatte, streckte sich Fiete genüsslich und lief schnell in den Schatten des Eingangs des Gebäudes. Evert schloss noch die Kofferraumklappe und folgte ihm.

Er und Wiebke gingen in die obere Etage, in der das Büro der Kriminalpolizei lag. Vier Schreibtische standen hier, von denen jeweils einer Evert und Wiebke gehörte und einer ihrem Kollegen Klaas Behrends. Der vierte Schreibtisch hatte früher Everts Vorgänger gehört, doch diente er inzwischen vor allem als Ablagefläche.

Evert setzte sich an seinen Arbeitsplatz. Fiete ging eine Runde durch den Raum, und da Wiebke noch einmal hinaus in die Teeküche ging, folgte er ihr.

Evert begann damit, den für Christian Wittmars' Nachlass zuständigen Notar herauszusuchen.

Kurz darauf kam Wiebke mit einer kleinen Kanne Ostfriesentee zurück, die sie auf ein Stövchen auf ihrem Schreibtisch stellte. Fiete lief ihr noch immer hechelnd hinterher.

»Ich denke, da will auch jemand was«, meinte sie zu Evert.

»Sofort«, gab der zurück und öffnete eine Schublade an seinem Schreibtisch, aus der er einen Edelstahl-Hundenapf zog. Mit dem ging er, gefolgt vom Labrador Retriever, zur Teeküche und füllte den Napf mit Wasser. Dann brachte er ihn zurück ins Büro und stellte ihn auf den Boden. Es war ein warmer Tag und er konnte gut nachvollziehen, dass der Hund Durst hatte.

Der Hund trank schlabbernd aus der Schale. Evert setzte sich zurück an seinen Arbeitsplatz.

»Ich bin dabei, den Notar ausfindig zu machen, kümmerst du dich um die Finanzen des Opfers?«, fragte er. Wiebke füllte sich in diesem Moment eine Tasse Tee ein.

»Klar, mach ich«, sagte sie. Fiete war inzwischen fertig mit dem Trinken und lief eine Runde durch den Raum, als würde er kontrollieren, ob alles an seinem Platz war. Dann ließ er sich an seiner liebsten Stelle im Raum fallen. Es war kein Hinsetzen, sondern vielmehr ein Hinwerfen. Der Hund ließ den Blick einmal durch den Raum schweifen und schloss anschließend die Augen, als würde er dösen.

Evert versuchte derweil weiter über das Zentrale Testamentsregister herauszufinden, ob es ein Testament von Herrn Wittmars gab und wer in einem Todesfall die Begünstigten waren. Die Zeit verging, bis er endlich nach mehreren Telefonaten eine Auskunft besaß.

»Also«, sagte Evert gedehnt und legte in diesem Moment nach Beendigung des Telefonats sein Telefon weg. »Herrn Christian Wittmars' Vermögen geht im Wesentlichen an seine Söhne. Diese sind die Haupterben. Laut den Unterlagen des Notars handelt es sich nicht nur um ein erhebliches Barvermögen, sondern auch um eine ganze Reihe von Immobilien, die zum Teil vermietet sind und von denen andere über eine Agentur gegen Provision als Ferienhäuser vermittelt werden. Ein großzügiges Vermächtnis geht an den Verein Frya Fresena.«

»Von der Bank habe ich inzwischen auch Einblick in seine Finanzen«, sagte Wiebke. »Wir reden von einer gut sechsstelligen Summe, die er auf der hohen Kante hat, wenn wir einige Wertpapiere mit einrechnen.«

»Das heißt, vor allem die beiden Söhne haben ein deutliches monetäres Motiv«, sagte Evert. »Ebenso wie theoretisch die Vereinsmitglieder, denn die Summe, die der Verein von dem Erbe bekommt, ist laut Testament prozentual abhängig vom aktuellen Geldbestand, den er hat. Das ist ja auch einiges.«

»Na ja, seine Söhne haben ein Alibi«, meinte Wiebke.

»Das stimmt, aber das Alibi sind sie jeweils selbst.«

»Wir sollten dennoch als Nächstes mal mit den Leuten vom Verein reden«, sagte Wiebke. »Denn da habe ich einiges zu herausgefunden, als ich Hintergrundinformationen über unser Mordopfer gesucht habe.«

»Erzähl«, bat Evert.

»Also, was wir von seiner Frau gehört haben, stimmt so weit alles«, sagte Wiebke. »Er war lange Zeit als Kameramann in den USA tätig und da auch mit einer Schauspielerin verheiratet, hat dann aber die letzten dreißig Jahre Tierdokumentationen gedreht, die letzten Jahre dann vornehmlich nur noch Dokumentationen über die heimische Flora und Fauna. Offenbar wurden die weiten Reisen ihm zu schwer. Er hat einige Preise für Dokumentationsfilme gewonnen, und ich habe festgestellt, dass ich sogar einige seiner Dokumentationen kenne. Zudem war unser Mordopfer nicht nur Mitglied im Verein Frya Fresena, sondern sogar im Vorstand.«

»Hast du ein weiteres Vorstandsmitglied ausfindig gemacht, das wir sprechen können?«, fragte Evert.

»Ja, Ulf Schoon arbeitet in Aurich und hat zugestimmt, uns in einer halben Stunde zu treffen«, sagte Wiebke. »Er ist Anwalt und hat seine Kanzlei hier in der Altstadt.«

»Großartig, vielleicht kann er uns helfen, Licht in die Angelegenheit zu bringen«, sagte Evert.

Wiebke pustete die Kerze im Stövchen aus.

»Dann müssen wir jetzt auch los«, sagte sie. Fiete hob den Kopf bei dem Wort »los«. Er sah neugierig von Evert zu Wiebke.

Als Evert aufstand, hob der schwarze Labrador Retriever die Augenbrauen. Als sein Herrchen dann eine dünne Jacke von der Stuhllehne nahm, in die Evert sein Portemonnaie und sein Diensthandy steckte, sprang Fiete wedelnd auf und lief zu Evert. Der Hund wusste, dass ein Aufbruch unmittelbar bevorstand.

Evert und Wiebke verließen die Polizeiwache. Sie überquerten den Fischteichweg und bogen auf den Georgswall ein. Dabei kamen sie am Kiosk von Oma Tieske vorbei.

»Moin, ihr beiden«, rief die alte Frau im Inneren des Kiosks, als sie die beiden Ermittler erkannte. Sie wurde stets von allen nur als Oma Tieske bezeichnet. Evert kannte sie schon sein halbes Leben. Als Schüler hatte er sich manchmal vom nicht allzu weit entfernten Schulhof zum Kiosk davongeschlichen, um hier Süßigkeiten zu kaufen, eine Angewohnheit, die er bei der Kriminalpolizei wieder aufgenommen hatte.

»Moin, Oma Tieske«, sagte Evert.

»Willst du einen Kaffee oder Schlickerkram?«, bot ihm die alte Frau an. »Und für dich auch was, Wiebke?«

»Nein«, sagte Wiebke mit Blick auf ihre Armbanduhr. »Wir sind auf dem Weg zu einer Befragung.«

»Ach, wie schade«, meinte Oma Tieske. »Dann kommt aber ruhig später heute Abend noch vorbei, ich hab genug und bisher war kaum einer da. Nicht, dass ich den guten Kaffee hinterher wegschütten muss. Das wäre echt schade drum.«

»Ich komm nochmal vorbei«, versprach Evert.

»Dann kannst du mir ja erzählen, was ihr für einen Fall habt.«

»Besser nicht«, sagte Evert.

»Ach, ich sag auch nichts weiter.« Die alte Frau grinste. »Aber hier passiert ja sonst nichts, da hört man gern, was so los ist. So ein Klönschnack hat noch nie geschadet, oder?«

»Wir sehen uns später«, sagte Evert ausweichend und nickte ihr zum Abschied zu. Er und Wiebke bogen in eine kleine Seitengasse ein, die vom Georgswall direkt zur Altstadt führte.

Fiete lief zu Oma Tieske und streckte den Kopf auf Höhe der Thekenkante. Dafür musste er sich sehr strecken und mit den Vorderbeinen gegen die Kioskwand drücken. Dafür kraulte ihn Oma Tieske kurz hinter den Ohren. »Na, du bist ein moi Hundje«, sagte sie und reichte ihm ein kleines Hundeleckerchen. Fiete schnappte danach und wedelte zufrieden.

Evert, der seinen Hund nicht mehr sehen konnte, rief kurz dessen Namen.

Fiete tauchte hinter dem Kiosk auf und rannte seinem Herrchen nach. Evert entging nicht, dass der Hund sich das Maul auf eine Weise leckte, die nahelegte, dass er gerade etwas gefressen hatte.

Durch die kleine Gasse gelangten sie direkt auf den Auricher Marktplatz. Hier gingen sie an der Kunstinstallation vorbei, die von den Aurichern spöttisch oft nur als Tauchsieder bezeichnet wurde, und bogen in die Lilienstraße ab. An deren Ende traf sie auf die Kirchstraße und dort hatte der Anwalt Ulf Schoon seine Kanzlei. Das Schild an dem alten, einstöckigen Bürgerhaus verriet, dass hier die Kanzlei U. Schoon und Söhne residierte, deren Schwerpunkt auf Verkehrsrecht lag.

Sie betraten das weiß verputzte Haus durch die dunkle Eichentür, in der kunstvoll die Schnitzerei eines dicken Baumes eingearbeitet war. Hinter der Tür lag ein kurzer Hausflur und durch eine Glastür sah man direkt in das Büro einer jungen Frau im Kostüm. Als sie die beiden Ermittler eintreten sah, winkte sie sie heran.

»Was kann ich für Sie tun?«, fragte die Frau. Laut ihrem Namensschild hieß sie Pia Benkendorf.

»Wir sind von der Kriminalpolizei Aurich. Ich habe vor einer guten Stunde mit Herrn Schoon telefoniert«, sagte Wiebke. »Wir würden gerne kurz mit ihm sprechen. Er sagte, er habe jetzt Zeit für uns.«

»Das überprüfe ich eben«, sagte Frau Benkendorf und betätigte einen Knopf an dem Telefon auf ihrem Schreibtisch. »Herr Schoon?«, fragte sie.

»Ja?«, kam es unwirsch zurück.

»Hier sind zwei Beamte der Kriminalpolizei und wollen Sie sprechen.«

»Sollen reinkommen«, gab er zurück und es knackte, als er auflegte.

»Sie haben ihn gehört«, sagte sie. »Die Tür zu meiner Rechten, bitte.«

»Vielen Dank«, sagte Evert. Er ging zur besagten Tür, klopfte einmal und trat direkt ein.

Das Büro war ein großzügiger Raum, an dessen weiß gestrichener Wand eine große Vitrine aus dunklem Holz stand, in deren Innerem eine Reihe kleiner Schiffsmodelle aufgereiht war. Eine zweite Wand nahm ein großes Eichenregal ein, das sich unter Gesetzbüchern bog. An einem Schreibtisch, der zu dem Ensemble passte, saß ein kleiner, dürrer Mann mit deutlichem Bauchansatz. Er nickte ihnen zu und deutete auf die beiden Stühle, die ihm gegenüber am Schreibtisch standen.

»Setzen Sie sich«, wies er sie an. »Ich habe leider nicht viel Zeit für Sie, da ich gleich noch ein Abendessen mit ein paar Honoratioren der Stadt einzunehmen habe. Bitte fassen Sie sich also kurz.«

»Wir werden uns bemühen«, sagte Evert diplomatisch. Hier ging es um einen Mordfall, und wenn nötig, würde er von jedem Beteiligten so viel Zeit verlangen, wie eben gebraucht wurde, um den Fall aufzuklären. Doch er wollte den gereizt wirkenden Mann nicht grundlos noch weiter provozieren.

»Na, dann bemühen Sie sich mal, zum Punkt zu kommen«, sagte der Anwalt.

»Herr Schoon, Sie kennen Christian Wittmars?«, fragte Evert und ging nicht auf die Unhöflichkeit ein. Er wusste, dass dies zu nichts führen würde.

»Ja, natürlich«, gab der Mann zurück. »Was ist geschehen?«

»Leider müssen wir Ihnen mitteilen, dass Herr Wittmars tot ist«, sagte Evert. »Wir ermitteln in seinem Mordfall.«

»Christian? Tot?«, gab Herr Schoon zurück. »Da ist doch wohl ein schlechter Witz?«

»Nein, leider nicht«, sagte Evert.

»Das ist ja ungeheuerlich!«, platzte es aus dem kleinen Mann heraus. »Wer sind Ihre Verdächtigen? Wie viele Leute sind darauf angesetzt?«

»Ich kann Ihnen versichern, dass wir alles tun, was uns möglich ist, um diesen Fall aufzuklären«, sagte Evert, anstatt die Fragen zu beantworten. Er würde nicht derartige interne Angelegenheiten der Polizei mit dem Anwalt besprechen.

»Das will ich auch hoffen«, keifte Herr Schoon. Evert hatte den Eindruck, dass der Mann grundsätzlich eher ein unfreundlicher Zeitgenosse war, aber der Tod von Christian Wittmars ihn nun noch mehr aus der Bahn warf. Evert hatte das schon oft gesehen: Die Leute reagierten ganz unterschiedlich auf den Tod in ihrem Umfeld. Manche Leute wurden sehr emotional und weinten, andere hingegen wurden sehr still und manche wurden aggressiv. Herr Schoon gehörte offenbar zur letzten Gruppe.

»Sie und Herr Wittmars kannten sich über den Verein Frya Fresena«, sagte Wiebke und versuchte, das Gespräch wieder in die richtigen Bahnen zu lenken. »Kannten Sie sich gut?«

»Natürlich!«, sagte Herr Schoon. »Wir waren immerhin vor beinahe zwanzig Jahren beide Gründungsmitglieder und seitdem immer im Vorstand! Wissen Sie, wofür der Verein steht?«

»Das würden wir gerne von Ihnen einmal erklärt bekommen«, sagte Evert. »Offenbar hat der Verein in Herrn Wittmars' Leben eine bedeutende Rolle eingenommen.«

»Das hat er!«, sagte Ulf Schoon. »Der Name ist in Anlehnung an den Wahlspruch der friesischen Freiheit gewählt. Christian, meine Wenigkeit und einige andere treue Friesen erinnerten sich daran, dass wir nur vor Gott und vor keinem König oder Kaiser knien sollten.«

»Also war der Zweck des Vereins welcher?«, fragte Evert.

»Laut Satzung ist es Zweck und Aufgabe des Vereins, einerseits die lokale Brauchtums- und Kulturpflege zu unterstützen und andererseits politisch darauf hinzuwirken, die friesische Autonomie so weit möglich zu restituieren«, sagte Ulf Schoon und klang dabei, als würde er aus der Satzung des Vereins direkt zitieren.

»Herr Wittmars teilte diese Einstellung?«, fragte Evert.

»Das tat er«, stimmte der Anwalt zu. »Sollte es uns gelingen, ausreichende Kräfte im Land zu mobilisieren, streben wir eine Loslösung Ostfrieslands von Niedersachsen an und wollen ein eigenes Bundesland sein, vergleichbar mit Bremen.«

»Wie wollen Sie das, wenn ich fragen darf, bewerkstelligen?«, fragte Wiebke und hob eine Augenbraue.

»Wir wollen unterschiedliche Gremien in den lokalen Verwaltungen beeinflussen und streben tatsächlich die Gründung einer landespolitischen Partei an«, sagte Herr Schoon. »Bis dahin allerdings beschränken wir uns auf die Unterstützung und Erhaltung der örtlichen Kultur sowie der Natur. Verstehen Sie mich nicht falsch, wir haben nichts gegen die Zugehörigkeit zur Bundesrepublik Deutschland. Wir möchten nur wieder Herren im eigenen Haus sein.«

»Diese Position hat sicherlich auch Kritiker hervorgerufen«, sagte Evert und versuchte, eine neutrale Position zu halten. Er wusste nicht ganz, was er von Herrn Schoon halten sollte.

»Ja, wir haben immer wieder böse Post bekommen, sogar auch einige strafrechtlich relevante Äußerungen«, sagte der Anwalt. »Diese wurden der Polizei weitergeleitet und sollten Ihnen eigentlich bekannt sein.«

»Wir werden das noch genauer überprüfen«, sagte Wiebke. »Aber bei einer ersten Recherche tauchte Christian Wittmars' Name nicht in den Akten auf.«

»Das mag sein, dass er dies nie zur Anzeige gebracht hat«, gab Herr Schoon zu. »Christian hat das nie ernst genommen. Ich habe meine Drohbriefe immer ordnungsgemäß abgegeben und entsprechende Anzeigen erstattet. Er allerdings wollte sich stets selbst darum kümmern, und ich kann nur annehmen, dass er keine Veranlassung sah, dem nachzukommen. Er war zu gutmütig. Man muss so etwas nicht aussitzen und ein dickes Fell haben. Man muss die volle

Härte des Gesetzes bemühen, um derartige Querulanten zur Raison zu bringen!«

»Gab es da einen besonderen Vorfall in der letzten Zeit?«, fragte Evert.

»Oh ja«, erinnerte sich Herr Schoon. »Vor gut einem Monat gab es einen Farbbeutelanschlag.«

»Bitte führen Sie das weiter aus«, forderte ihn Evert auf.

»Nun, wir haben vor wenigen Wochen in Großefehn auf dem Dorffest einen Stand gehabt«, erklärte Herr Schoon. »Wir haben etwas für das Errichten der Bühne gespendet, auf der lokale Kleinkünstler ihre Programme darbieten konnten. Naturgemäß haben wir uns auch entschieden, dass es uns dann auch zusteht, ein wenig über unsere Sache zu sprechen. Diese Ehre sollte Christian zuteilwerden, denn als einer der ursprünglichen Mitinitiatoren ist er mehr als nur ein Vorstandsmitglied: Er ist eine uns antreibende Kraft gewesen!«

»Was geschah dann?«, fragte Evert. Er hatte das Gefühl, dass der Anwalt sich durchaus gerne reden hörte.

»Nun, natürlich war klar, dass Christian diesen Termin für uns wahrnehmen würde«, fuhr der Anwalt ungerührt mit seinen Ausführungen fort. »Ich war selbst leider nur kurz zugegen, weil mir meine Termine nicht erlaubten, an unserem Infostand lange Zeit für Gespräche mit potenziellen neuen Mitgliedern zur Verfügung zu stehen. Bei diesen Gesprächen kam es dann just in jenem Moment, als ich anwesend war, zu einem unangenehmen Vorfall.«

»Und zwar?«, bat Evert sein Gegenüber fortzufahren.

»Ein Mann namens Görke Tjartel kam zu unserem Stand und schleuderte einen Farbbeutel darauf«, erinnerte sich der Anwalt. »Ich selbst hatte großes Glück, verschont zu bleiben, denn ich trug an dem Tag einen meiner besseren Designeranzüge. Ich war nur auf dem Sprung dort und wollte eigentlich weiter in ein angesehenes neues Restaurant, das in Emden aufgemacht hat. Glücklicherweise erwischte mich die rote Farbe nicht, aber Christian und ein anderes Mitglied unseres ehrenwerten Vereins wurden beide direkt getroffen. Zudem wurde unser Stand und damit das gesamte Infomaterial mehr oder weniger unpräsentierbar.«

»Er warf den Beutel einfach so auf Sie?«, fragte Evert.

»Ja, er kam ohne eine Vorankündigung zu uns, hatte den Beutel in der Hand und warf ihn«, sagte der Anwalt. Er zuckte mit den Schultern. »Man kann nicht glauben, wie dreist manche Menschen sind! Aber Christian, eingeschmiert mit Farbe, behielt vollkommen die Contenance! Er reinigte sich notdürftig und betrat kurz darauf die Bühne, um seine Rede zu halten. Wie ein echter Friese, wir sind lever dood as slaav, und von Angst lassen wir uns erst recht nicht beherrschen!«

»Haben Sie Anzeige erstattet?«, fragte Evert.

»Nein, ich hatte ja noch zu tun«, sagte Herr Schoon. »Aber Christian wollte sich darum kümmern.«

»Wieso hat Herr Tjartel den Stand mit einem Farbbeutel beworfen?«, fragte Wiebke. »Das muss doch eine Vorgeschichte haben!«

»Nun, da müssen Sie Herrn Tjartel selbst fragen«, sagte der Anwalt. »Ich weiß, dass er versucht haben soll, unsere Beteiligung beim Dorffest zu verhindern, aber das konnte ihm natürlich nicht gelingen. Wir sind durch unsere Mitgliedsbeiträge und einige einflussreiche Spender in der Lage, selbst als großzügige Förderer aufzutreten, und beliebt bei den Bauern der Region, die das Fest organisieren. Es wird auch dort gerne als Bauernfest bezeichnet, müssen Sie wissen. Es ist eine wilde Mischung aus lokaler Brauchtumspflege, Flohmarkt, kleineren Attraktionen für Kinder sowie einigen Kleinkunstbühnen. Nebenan steht dann auch noch eine örtliche Landwirtschaftsgerätebörse. Herr Tjartel konnte uns zwar nicht leiden, aber die Bauern dort sind auf unserer Seite. Da hat er vielleicht gedacht, dass uns so ein Farbbeutel zum Schweigen bringt.« Herr Schoon schüttelte den Kopf. »Was für eine irrige Annahme. Christian hielt eine tolle Rede, unabhängig von dem Anschlag auf ihn und uns.«

»Zwei Dinge möchte ich wissen«, sagte Evert. »Erstens, wissen Sie, ob Herr Wittmars das Ziel war oder aber der Stand?«

»Das weiß ich nicht«, gab Herr Schoon zu. »Aber da Sie nun hier stehen, ist es anzunehmen, dass dieser Mann nicht nur unseren Stand angreifen wollte, sondern auf Christian gezielt hat.«

»Das ist möglich«, sagte Evert. »Aber nicht zwingend. Aber gut, zweitens hätte ich noch die Frage: Woher wissen Sie, wie die Rede war, die Herr Wittmars hielt? Sie waren doch nach Emden aufgebrochen, oder?«

»Oh ja, das ist richtig«, sagte Herr Schoon. »Da haben Sie gut zugehört.« Evert empfand dieses Kompliment als ein wenig herablassend, als würde mit ihm wie mit einem kleinen Kind gesprochen. Herr Schoon fuhr fort: »Aber ich habe ja die Aufnahme gesehen.«

»Die Aufnahme?«, wiederholte Evert. »Können Sie uns die zeigen?«

»Das sollte kein Problem sein«, sagte Herr Schoon und zog sein Mobiltelefon aus der Jackentasche. Er suchte einen kleinen Moment. »Das hat mir ein Freund geschickt, der da war und alles gefilmt hat. Das ist manchmal das Schönste und Schlimmste heutzutage vor Gericht: Jeder kann alles filmen. Je nachdem, worum es geht, macht es meine Arbeit sehr einfach oder aber sehr kompliziert.«

Er reichte den beiden Ermittlern das Telefon. Darauf war zu sehen, wie Christian Wittmars in einem dunklen Hemd und Jeans auf eine kleine Bühne trat, auf der noch ein Schlagzeug stand. Wittmars war mit Farbe eingeschmiert, sie lief von seinen Schultern bis zu seinen Knien und war noch nicht ganz trocken. Die Menge pfiff und johlte. Christian Wittmars hob die Hände, um um Ruhe zu bitten.

»Meine lieben Freunde«, rief er. »Dieser feige Anschlag auf mich war unprovoziert! Doch ich werde nicht schweigen, nur weil ich nun nicht besonders gut aussehe. Das hier ist auch meine Arbeit und meine Pflicht, und bei der geht es darum, dass man sie erledigt, nicht darum, dass man gut dabei aussieht! Wer hat sich nicht schon bei seiner Arbeit eingesaut!«

Zustimmende Rufe kamen aus dem Publikum.

»Ja, ich muss euch das nicht sagen! Ihr wisst, wie man sich die Hände schmutzig macht«, fuhr Christian Wittmars fort. »Aber das wissen natürlich nur die, die wirklich arbeiten.«

Erneut waren zufriedene Zwischenrufe des Publikums zu hören.

»Ich will mich auch kurz halten«, sagte er. »Es ist ein wunderbarer Tag und dieses Bauernfest haben wir selbst auf die Beine gestellt. Es ist mit unserem Geld bezahlt und von uns verwaltet. Wir brauchten nicht jemanden aus Hannover, der uns sagt, was wir zu tun haben. Wir haben dieses Land immerhin geschaffen und wissen darum auch am besten, was hier zu tun ist.«

»Den Rest können Sie sich ja privat anschauen«, sagte Herr Schoon und nahm das Telefon wieder zurück. »Ich habe jetzt noch einen Termin und würde Ihnen die Aufnahme zusenden. Dann können Sie lernen, wieso wir denken, dass wir ohne die Auswärtigen besser dran sind.«

Evert kannte den Begriff. Als ›die Auswärtigen‹ wurden gerne die nicht gebürtigen Ostfriesen bezeichnet.

»Ja, bitte senden Sie diese Aufnahme und alle weiteren, die Sie besitzen, direkt an diese Adresse«, sagte Evert und reichte ihm seine Karte. Dort stand nicht nur eine Dienstnummer, sondern auch eine E-Mail-Adresse.

»Werde ich sofort machen, wenn ich Zeit habe«, sagte Herr Schoon und stand auf. »Jetzt muss ich aber wirklich los. Weitere Fragen kann ich dann später noch beantworten.«

»Herr Schoon, senden Sie diese Aufnahmen bitte jetzt an uns«, sagte Evert und blieb sitzen. »Ich verstehe, dass Sie wichtige Termine haben, aber in Anbetracht des Mordes an Herrn Wittmars ist es sehr wichtig, dass wir alle

Informationen bekommen können, die es zu dem Farbbeutelanschlag gibt. Bisher tauchte Christian Wittmars' Name nämlich nicht in unserem System auf, und das bedeutet, es wurde keine ordentliche Strafanzeige erstattet. Wir brauchen diese Informationen jetzt, nicht erst später.«

Herr Schoon sah Evert empört an. »Ihrem Namen nach sind Sie ja von hier, Herr Brookmer«, sagte der Anwalt. »Aber vom Benehmen her nicht. Ich denke, die friesische Freiheit, wie sie uns von Karl dem Großen verliehen wurde, hat manche von uns eigenwilliger und vielleicht unhöflicher werden lassen als andere«, meinte er. »Aber bitte, dann schicke ich es Ihnen jetzt sofort.«

In diesem Augenblick klopfte es an der Tür hinter den Ermittlern, und ohne eine Aufforderung abzuwarten, öffnete Abbo Tichels die Tür und kam in den Raum.

»Ich denke ja nicht, dass die Friesische Freiheit so ein Dokument auf Pergament war, das den Friesen als Ganzes gegeben wurde«, meinte nun Abbo Tichels, als er den Raum betrat. »Das war wohl eher ein langfristiger Prozess, weil die Bauern hier nie Unfreie wurden, sondern immer auf Augenhöhe blieben, sogar ganz wortwörtlich auf Augenhöhe, denn wir hatten niemanden, der sich hier im flachen Land über uns erhöhen konnte. Wir alle sahen gemeinsam aufs Wasser und mussten gegen es zusammenhalten, um so etwas Großartiges wie die Deiche zu schaffen. Man könnte auch sagen, das förderte den Eigensinn ungemein. Ich finde das meist erfrischend.«

Polizeirat Abbo Tichels war der direkte Vorgesetzte von Evert und Wiebke. Der Anfang sechzigjährige Mann trug einen Nadelstreifenanzug mit Weste. Seine akkurat gestutzten braunen Koteletten standen im deutlichen Kontrast zu seinem kahlen Schädel.

»Moin Abbo«, sagte Herr Schoon. »Tut mir leid, dass ich zu spät bin.«

»Na, das bin ich ja auch«, sagte Abbo. Er nickte Evert und Wiebke zu. Evert war nun auch aufgestanden. »Ihr gewinnt neue Freunde, wie ich sehe?«

»Wir ermitteln in einem Mordfall«, sagte Wiebke. »Christian Wittmars, Angehöriger des Vereins Frya Fresena, ist tot. Wir ermitteln bisher in alle Richtungen, und da der Verein auch einige Gegner hatte, überprüfen wir auch, ob die Aktivitäten des Mordopfers damit in Zusammenhang stehen können.«

»Bist du da Mitglied?«, fragte Evert.

»Nein«, sagte Abbo und schien es vor Herrn Schoon dabei belassen zu wollen. »Ich bin lediglich mit einem Schulfreund zum Essen verabredet.« Er sah zu Herrn Schoon. »Da ich sowieso zu spät war, dachte ich, gehe ich bei ihm vorbei und sammle ihn ein. Er ist nämlich auch oft bis zum Hals in Arbeit und deswegen spät dran. Wir essen zusammen mit ein paar anderen Freunden und Bekannten.«

»So, Herr Brookmer«, sagte der Anwalt nun und steckte sein Handy beinahe demonstrativ in seine Jackentasche. »Sie haben alles, was Sie benötigen. Nun finden Sie heraus, warum jemand Herrn Wittmars getötet hat. So etwas darf nicht ungesühnt bleiben.«

»Wir werden den Täter finden«, versprach ihm Evert.

»Ihr könnt mich morgen informieren«, sagte Abbo dann zu ihnen. »Wir sehen uns.«

Sie verließen das Büro von Herrn Schoon und gingen zurück durch die Auricher Altstadt in Richtung der Polizeiwache.

»Ich würde vorschlagen, wir finden heraus, wo Görke Tjartel wohnt, und sprechen heute Abend noch mit ihm«, meinte Wiebke. »Allerdings will ich vorher sehen, ob es noch mehr Aufnahmen von dem Auftritt gibt und was darauf zu sehen ist.«

»Du meinst, jemand hat vielleicht sogar den Angriff gefilmt und ins Internet gestellt?«, meinte Evert.

»Die Möglichkeit besteht«, sagte Wiebke. »Einen Versuch ist es wert.«

Als sie wieder im Büro waren, versuchte Wiebke herauszubekommen, wo Görke Tjartel wohnte, während Evert alles, was er über den Vorfall finden konnte, heraussuchte. Es gab einen Zeitungsartikel im Auricher Boten, der allerdings lediglich in einem Satz erwähnte, dass es zwar den Versuch eines einzelnen Störenfriedes gegeben habe, das Bauernfest zu stören, doch der Tag insgesamt ein Erfolg gewesen sei. Er fand ebenso eine Aufnahme der kompletten Rede, die Christian Wittmars gehalten hatte, aus einem anderen Blickwinkel.

Herr Wittmars beschwor den Zusammenhalt der Gemeinschaft und dass dieses Dorffest die Landjugend zusammenbringen sollte. Am Rande ging es auch mehrmals darum, inwieweit man sich unbedingt von Hannover aus in die örtlichen Angelegenheiten einmischen müsste.

»Lokales Geld soll auch lokal verwaltet werden«, schloss Christian Wittmars in der Aufnahme, die auf Everts Computerbildschirm zu sehen war. »Dafür wollen wir uns auch in Zukunft einsetzen.«

Everts Telefon klingelte. Er hielt die Aufnahme an und nahm den Anruf entgegen.

»Brookmer, Kriminalpolizei Aurich«, meldete er sich. »Was kann ich für Sie tun?«

»Ja, Herr Dr. Brookmer, hier ist Dr. Elias«, meldete sich der Gerichtsmediziner am anderen Ende der Leitung.

»Ah, sehr gut«, sagte Evert und beugte sich etwas vor. »Haben Sie schon die Obduktion von Christian Wittmars abgeschlossen?«

»Das habe ich«, bestätigte der Gerichtsmediziner. »Einen schriftlichen Bericht werde ich morgen erst anfertigen und Ihnen zukommen lassen, doch wegen des sozusagen frühen Abends will ich jetzt in den verdienten Feierabend. Somit bekommen Sie aber nun exklusiv vorher extra noch sozusagen eine mündliche Zusammenfassung.«

»Ich bin gespannt«, sagte Evert.

»Ich hoffe, Sie sind es sozusagen nicht zu sehr«, gab der Gerichtsmediziner zurück. »Ihr Opfer ist definitiv nicht durch einen Sturz von der Leiter umgekommen. Allem Anschein nach ist das Blut im Wohnzimmer, das Ihr Kollege sichergestellt hat, von Christian Wittmars. Meiner Meinung nach ist er entweder nach einem kurzen Gerangel umgefallen, hat sich den Kopf am Wohnzimmertisch angeschlagen, wurde dann mit einem anderen Gegenstand erschlagen oder aber zuerst mit dem Gegenstand getroffen und schlug daraufhin gegen den Wohnzimmertisch. Ich nehme an, dass Letzteres der Fall ist, da der Winkel der Kopfverletzung dafür spricht. In dem Fall hat ihn jemand erschlagen wollen und der Kontakt mit dem Wohnzimmertisch war eine unbeabsichtigte Sekundärverletzung. Anschließend schaffte man ihn nach draußen, um ihn dort zu deponieren.«

»Damit haben wir immerhin Gewissheit, was das angeht«, sagte Evert. »Kann uns der Schlagwinkel noch etwas verraten?«

»Sein Angreifer stand hinter ihm und war ungefähr so durchschnittlich groß wie Ihr Opfer.«

»Das heißt aber auch, er muss seinen Angreifer in die Wohnung gelassen haben«, meinte Evert. »Zumindest ist das den fehlenden Einbruchspuren nach wahrscheinlich.«

»Ja, aber das ist ja Ihr Metier«, meinte Dr. Elias. »An seinem Körper werde ich dafür keine Belege finden.«

»Der Tatzeitpunkt liegt noch immer bei sechs Uhr gestern Abend?«, fragte Evert.

»Leider lässt sich der nicht weiter eingrenzen«, meinte Dr. Elias. »Allerdings habe ich mir die Wunde nochmal genauer angesehen.« Evert schwieg und wartete darauf, dass der Gerichtsmediziner weitersprach. »Die Waffe dürfte ein langes Metallwerkzeug sein«, sagte Dr. Elias dann.

»Wenn wir Ihnen die Waffe bringen, wäre es möglich, sie einwandfrei zu identifizieren?«, fragte Evert.

»Das sollte sozusagen möglich sein«, zeigte sich Dr. Elias optimistisch. »Es befanden sich kleinere Abschürfungen in der Wunde, die im Augenblick im Labor sind. Damit ist gegebenenfalls eine Identifizierung der Tatwaffe möglich. Haben Sie denn bereits eine?«

»Nein, daran arbeiten wir«, gab Evert zu.

»Dann wünsche ich viel Glück, ich für meinen Teil will mich jetzt meinem Feierabend widmen«, sagte Dr. Elias und verabschiedete sich.

»Was hat Dr. Elias herausgefunden?«, fragte Wiebke, als Evert mit dem Telefonat fertig war.

Evert fasste es ihr in knappen Worten zusammen.

»Leider kann jeder, der in diesem Fall beteiligt ist, ein Werkzeug schwingen«, meinte Wiebke. »Aber ich habe zumindest herausgefunden, wo Görke Tjartel in Großefehn wohnt.«

»Dann besuchen wir ihn mal«, schlug Evert vor. Er sah auf die Uhr. »Wenn wir uns beeilen, ist es noch nicht zu spät, ihn zu behelligen.«

Er stand von seinem Schreibtisch auf. In diesem Moment betrat ihr Kollege Klaas Behrends den Raum.

»Moin, ihr beiden«, sagte der Polizist.

»Moin«, sagten Evert und Wiebke unisono zurück.

»Ich habe den ganzen Tag damit verbracht, den Tatort abzuspuren und anschließend noch etwas in der Nachbarschaft rumgefragt«, sagte er. »Und ich nehme mal an, dass ich im Gegensatz zu euch pünktlich Feierabend machen werde. Es gibt im Nachtwächter einen guten Zander mit Kartoffeln.«

»Dann guten Appetit, wir sind nicht zu einer Pause gekommen«, gab Wiebke zu, und sie und Evert erzählten ihrem Kollegen, was sie bisher herausgefunden hatten.

»Das heißt, seine Ex-Frau könnte ihn getötet haben, um ihren Kindern einen Vorteil zu verschaffen«, sagte Klaas. »Es muss ja nicht immer für einen selbst sein, und so wie das bei euch klingt, hat sie noch immer eine ganz schöne Wut im Bauch.«

»So klang es«, stimmte ihm Evert zu. »Aber wir sprechen jetzt erstmal mit dem Kerl, der ihn mit einem Farbbeutel beworfen hat, damit er nicht auftreten kann.«

»Oder den Stand damit beschmieren wollte«, meinte Wiebke. »Wir wissen nicht, ob wirklich Christian Wittmars das Ziel war.«

»Auch wieder wahr«, gab Evert zu. »Klaas, ich habe dir eine Liste von Vorstandsmitgliedern von Frya Fresena zukommen lassen. Einer davon war mit Christian Wittmars wohl auch privat befreundet, sagte zumindest der Anwalt Herr Schoon in der E-Mail, die er mir mit der Liste geschickt hat. Bitte nimm mit ihm Kontakt auf, vielleicht hat er ja heute noch Zeit für ein Gespräch.«

»Mach ich«, sagte Klaas mit Blick auf die Uhr. »Wir telefonieren dann.«

»Machen wir«, stimmte Evert zu und sie verabschiedeten sich von ihrem Kollegen.

Kapitel 5

Geert Lüpsen beugte sich vor, um besser in den hohen Mülleimer sehen zu können. Er mochte dieses besondere Mülleimermodell nicht. Es hatte nur eine kleine Öffnung und erlaubte nicht, tief hineinzusehen. Gleichzeitig gab es aber auch keine Abstellmöglichkeit für eine Pfandflasche. Also musste er manchmal seinen Arm tief hineinstrecken, ohne zu sehen, wo er hineinfassen würde. Dann musste er fühlen, ob da eine Flasche drin war. Er mochte das ganz und gar nicht und empfand es als Frechheit, einen Mülleimer so zu konstruieren, dass man nicht hineingreifen konnte. Was war denn das Schlimmste, was jemand aus einem öffentlichen Mülleimer stehlen konnte? Doch nur eine Pfandflasche, und die gehörte eh nicht in den Müll! Das war reine Schikane, so wie die Parkbänke, die in der Mitte auch eine Armlehne hatten. Geert Lüpsen hatte schon viele davon gesehen. Wann immer irgendwo eine Innenstadt renoviert wurde, tauchten die plötzlich auf. Die waren auch nur dazu da, dass man da nicht drauf schlafen konnte.

»Überall reden Sie von Toleranz und Nächstenliebe«, brummte er, während er in dem Mülleimer herumsuchte. »Aber Penner sollen doch bitte woanders schlafen und auch bitte nicht den Müll durchwühlen.«

Niemand hörte ihm hier zu, im Süden des Gewerbegebiets Sandhorst. Er hatte heute nur eine kleine Runde unternommen, weil sein Fahrrad einen Platten hatte. Sonst wäre er nach Aurich gefahren und hätte dort einige sehr vielversprechende Mülleimer nahe dem Busbahnhof leergeräumt.

Morgen, dachte er, morgen muss ich mich endlich um den Reifen kümmern.

Er grinste, als seine Hand eine vertraute Form streifte. Zufrieden zog er eine Bierflasche heraus. Es schwappte sogar noch etwas darin. Er roch kurz an der Flasche, verzog dann aber das Gesicht und ging die zwei Schritte zum Gullydeckel, um das schale Bier wegzuschütten.

Immerhin, dachte er. *Die hier ist auch Geld.*

Er musste nicht mehr auf einer Parkbank schlafen, sondern wohnte in einem Wohnwagen, den er selbst gekauft hatte mit dem Geld, das er durch Flaschensammeln erwirtschaftet hatte.

Das Geld liegt auf der Straße, dachte er. Muss man sich nur nehmen!

Seine Brusttasche begann zu vibrieren.

Er griff hinein und zog ein altes Mobiltelefon heraus. Das hatte er auch mal im Müll gefunden und sich nur eine neue SIM-Karte dafür besorgen müssen.

»Ja?«, fragte er.

»Ich habe dein … Angebot durchdacht«, sagte jemand an der anderen Seite. »Komm vorbei. Wir klären das.«

»Gern«, sagte Flaschen-Geert, wie ihn die Leute oft nannten. Ihn störte das nicht. Als er das Telefon wegsteckte, lächelte er. Er hatte sich gedacht, dass das ein lukrativer Einfall sein würde. Man muss das Geld nehmen, wo man es herbekommt, dachte er zufrieden.

*

Wiebke und Evert fuhren beinahe eine halbe Stunde nach Aurich-Oldendorf. In dem kleinen Dorf, das trotz des Namens zur Gemeinde Großefehn gehörte, wohnte Görke Tjartel. Eigentlich hätte man die Strecke in einer Viertelstunde schaffen müssen, doch leider gerieten sie auf dem Postweg, nur noch wenige hundert Meter von ihrem Ziel entfernt, in eine Boßelgemeinschaft. Die hatte nämlich einen Auffahrunfall verursacht, als sie auf der Straße spielte, und nun standen drei Fahrzeuge mit unterschiedlich deutlichen Schäden des Unfalls am Straßenrand.

Wiebke und Evert fuhren kurz rechts ran, doch in diesem Moment tauchte im Rückspiegel auch bereits ein

Dienstfahrzeug der Polizei Aurich auf. Der aussteigende Polizist nickte ihnen zu.

»Seid ihr auch beteiligt?«, fragte er, als er Wiebke erkannte.

»Nein, nur vorbeigekommen«, meinte sie.

»Dann mal weiter, sonst stehen hier so viele Fahrzeuge rum, dass wir hier bald den nächsten Auffahrunfall bekommen«, sagte er.

Sie fuhren das letzte Stück den Postweg entlang, bogen in die Oldendorfer Straße ab und fuhren in die Einfahrt eines alten Bauernhofs, der hier am Rand des Dorfes lag.

Der alte Hof bestand aus einem großen Wohnhaus, dessen Dach bis beinahe hinunter zum Boden reichte. Direkt daran angebaut war ein beinahe doppelt so langes Stallgebäude. Dem großen, rot verklinkerten Gebäude gegenüber stand eine moderne graue Halle, in der durch das offene Tor landwirtschaftliche Geräte erkennbar waren.

Wiebke parkte zwischen einem Kombi und einem kleinen Trecker vor dem Eingang des Haupthauses. Evert ließ beim Aussteigen seinen Hund aus der Box im Kofferraum. Er und Wiebke gingen zur Haustür des Hofes.

Nachdem Wiebke die Klingel betätigt hatte, geschah eine Weile nichts. Gerade als Wiebke nochmal klingeln wollte, öffnete ihr eine Frau Anfang dreißig mit einem langen blonden Zopf. Die Frau trug eine schwarze Jogginghose und ein rotes T-Shirt, das ihr zwei Nummern zu groß zu sein schien. Darüber hatte sie eine blauweiß gemusterte Schürze geworfen und auf dem Arm trug sie ein vielleicht zweijähriges Kind, das mit ihrem Zopf spielte. Der war in diesem Augenblick gerade in einer kleinen Faust und das Kind versuchte, ihn in den Mund zu stecken. Geschickt entwand die blonde Frau ihren langen Zopf den Fingern des Kindes.

»Ja?«, fragte sie an Wiebke und Evert gewandt, ohne recht hinzusehen. »Wir kaufen nichts.«

»Dann ist ja gut, dass wir nichts verkaufen«, sagte Evert und zeigte ihr seinen Dienstausweis. Das Kind griff danach und zog daran.

»Gib ihm den wieder«, sagte die Frau und das Kind sah einen Moment skeptisch von seiner Mutter zu Evert. Der Ermittler wartete ab. Das Kind bewegte den Ausweis näher an seinen Mund heran, doch die Frau sagte: »Wehe!«

Das Kind stoppte in der Bewegung und reichte den Ausweis wieder vage an Evert zurück. Sein Blick galt allerdings schon dem Hund. Es gluckste zufrieden.

Evert nahm den Ausweis zurück. Das Kind zeigte auf Fiete und machte leise »Wuff«.

»Wir sind von der Kripo Aurich«, fuhr Evert nun mit seiner und der Vorstellung seiner Kollegin fort. »Wir suchen Görke Tjartel. Er ist hier gemeldet.«

»Das sollte er auch, denn das ist der Hof seines Vaters«, sagte die Frau. »Den hat er vor gut fünfzehn Jahren übernommen. Er ist auf dem Dachboden und baut da aus. Nach unserem jüngsten Zuwachs hier benötigen wir mehr Zimmer. Was wollen Sie von meinem Mann?«

»Frau Tjartel, das würden wir gerne mit ihm besprechen«, sagte Wiebke. »Wäre das möglich?«

Die Frau musterte die beiden Polizisten und nickte dann. »Na gut, kommen Sie«, sagte sie und trat zur Seite. »Die erste Tür links bitte.«

»Darf der Hund mit herein?«, fragte Evert.

»Wenn Sie ihn an die Leine nehmen, ja«, sagte die Frau. Evert hatte die Leine aus dem Auto direkt mitgenommen und machte sie nun am Halsband des Labrador Retrievers fest.

Durch die erste Tür links gelangten sie aus dem langgezogenen Flur mit fast einem Dutzend Türen in eine gemütliche Küche. Eine lange weiße Küchenzeile und ein ausladender Holztisch, der in der Ecke des Raumes stand, bestimmten den Raum. Auf zwei Seiten reihten sich Stühle am Tisch, auf zwei weiteren Seiten stand eine rustikale Eckbank mit Blumenschnitzereien auf den Seitenteilen.

»Bitte«, sagte Frau Tjartel. »Setzten Sie sich. Ich hole Görke.«

Evert und Wiebke setzten sich auf zwei der Stühle. Auf der Bank lagen einige kleine Spielzeugautos verstreut. Es gab eine zweite Tür neben der Sitzgruppe, die in einen angrenzenden Raum führte. Diese wurde kurz geöffnet und ein Junge von vielleicht fünf Jahren war kurz zu sehen. Sein und Everts Blick trafen sich. Dann schlug der Junge sofort die Tür zu und seine kleinen Schritte entfernten sich.

»Mama«, rief er. »Mama!«

Auf dem Flur unterhielt er sich kurz mit seiner Mutter. Die wiederum rief die Treppe in das Obergeschoss laut vernehmlich hinauf: »Görke, koom ins her! Da wollen zwei was von dir!«

Schritte im Obergeschoss waren zu hören. Dann tuschelte ein Mann mit Frau Tjartel im Flur. Die Wände waren nicht dick genug, um zu verhindern, dass man hörte, dass gesprochen wurde. Lediglich der Inhalt des Gesprächs war kaum zu vernehmen. Schlussendlich öffnete sich die Küchentür und ein Mann in grauer Latzhose und einem fleckigen braunen T-Shirt trat ein. Der Enddreißiger hatte nur noch wenige Haare. Er sah sie mit einer Mischung aus Neugier und Misstrauen an, als er sie begrüßte.

»Moin«, sagte er. »Kennen wir uns?«

»Nein, noch nicht«, sagte Evert und zeigte erneut seinen Dienstausweis, bevor er sich und Wiebke vorstellte. »Sie sind Görke Tjartel, nehme ich an?«

»Bin ich«, sagte der Mann. »Soll ich Ihnen meinen Personalausweis zeigen?«

»Wir glauben Ihnen das erstmal«, meinte Evert und deutete auf den Tisch. »Wollen wir uns setzen? Wir haben einige Fragen an Sie.«

»Jo, sicher«, sagte er und schob die kleinen Autos von der Bank zur Seite, um sich ihnen gegenüber hinzusetzen. »Was gibt es denn?«

»Wollen Sie vielleicht einen Tee?«, fragte nun Frau Tjartel, als sie den Raum betrat. Das Kind hatte sie wohl irgendwo im Haus gelassen.

»Danke, sehr gerne«, sagte Wiebke. Evert schüttelte den Kopf und verneinte dabei.

»Dann mach ich den mal eben, lassen Sie sich bitte nicht stören.«

Sie begann damit, an der Küchenzeile den Tee zu machen. Für Evert war es offensichtlich, dass sie vor allem hier war, um dem Gespräch zuzuhören. Das war jetzt nicht mehr zu verhindern, also entschied er sich, mit der Befragung zu beginnen.

»Herr Tjartel, kennen Sie einen Mann namens Christian Wittmars?«, erkundigte er sich.

Görke Tjartel lehnte sich zurück und verschränkte die Arme. »Ach, daher weht der Wind«, meinte er. »Will er mich jetzt anzeigen?«

»Sie verwechseln uns mit der normalen Polizei«, meinte Evert. »Für sowas sind wir nicht zuständig. Wieso sollte er Sie denn anzeigen?«

»Ach, nur so«, meinte Görke Tjartel.

»Wollen Sie das nicht ausführen?«, fragte Wiebke. Frau Tjartel füllte in diesem Augenblick Wasser in einen Edelstahlkocher.

»Nein, lieber nicht«, gab Herr Tjartel zurück. »Aber Sie könnten mal seggen, warum Sie hier sünd.«

Frau Tjartel begann, Tassen und eine Kanne auf ein Tablett zu stellen, nachdem sie Tee in einen Teefilter gefüllt hatte.

»Herr Wittmars wurde heute am frühen Nachmittag tot aufgefunden«, sagte Evert. »Er wurde getötet und wir ermitteln in diesem Mordfall.«

Er hörte, wie etwas klirrte. Frau Tjartel hatte wohl beinahe eine Tasse fallen lassen.

»Er ist tot?«, fragte sie entsetzt. Der Wasserkocher schaltete sich in diesem Moment ab. Evert sah zu ihrem Mann. Der musterte den Ermittler mit einem schwer zu deutenden, leicht verkniffenen Gesichtsausdruck.

»Ja«, bestätigte Evert.

Frau Tjartel füllte nun das heiße Wasser in die Kanne und goss den Tee auf.

»Bitte erklären Sie uns doch, woher Sie Herrn Wittmars kennen«, bat Evert, nachdem einen Moment Schweigen in der Küche geherrscht hatte.

»Tja«, sagte Görke Tjartel. »Ich habe nichts mit seinem Tod zu tun.«

»Das habe ich nicht gefragt«, stellte Evert fest.

»Noch nicht«, meinte Görke Tjartel. »Immerhin sind Sie ja hier. Das muss einen Grund haben. Ich war nicht besonders dicke mit Herrn Wittmars, also befragen Sie mich kaum als seinen Freund, der Ihnen einen Schwank aus seiner Jugend berichten kann.«

»Was waren Sie denn Ihrer Meinung nach für ihn?«, fragte Evert.

»Eher ein Kritiker, ein Gegner«, sagte Herr Tjartel. »Kein Feind. Meine Kinder haben Feinde auf dem Spielplatz, erwachsene Männer haben eher Gegner. Das war ich, ein Gegner seiner Sache.«

»Was war seine Sache?«, fragte Evert.

Frau Tjartel nahm den Filter aus der Kanne und brachte das Tablett nun zum Tisch. Sie stellte ihrem Mann und Wiebke je eine Tasse Tee sowie Kandis und ein Kännchen Milch hin. Auch sich selbst füllte sie eine Tasse ein und setzte sich neben ihren Mann auf die Bank. Evert hätte die Befragung lieber ohne sie durchgeführt, aber er wollte sehen, wie sich das Gespräch entwickelte.

Herr Tjartel nahm sich nach Wiebke vom Kandis, bevor er antwortete: »Seine Sache war dieser Verein. Freie Friesen, so nennen sie sich doch. Frya Fresena, genau.«

»Und wieso waren Sie gegen den Verein?«, fragte Wiebke.

»Weil sie Isolationisten sind«, meinte Tjartel. »Sie wollen, dass wir ein eigenes Bundesland werden! Stellen Sie sich mal das Durcheinander vor! Wo soll das Geld herkommen für alles? Wenn wir lauter Zwergbundesländer werden, die nur noch für sich selbst eintreten, verlieren wir doch all unser politisches Gewicht in diesem Land!«

»Sie waren also kein Freund der Ideen seines Vereins«, meinte Evert.

»Nein, und er war der Schlimmste von der Bande«, meinte Tjartel. »Wittmars stand immer auf einer Bühne und schimpfte über die Auswärtigen aus Hannover, die uns alles vorschreiben, und die Vorschriften, und die Leute gingen immer gut mit! Es war unheimlich zu sehen, wie er einen Nerv getroffen hat.«

»Bei Ihnen nicht?«, fragte Wiebke.

»Nein, ich …«, meinte Tjartel und zögerte. »Ja, es ist nicht immer alles gut gelaufen. Klar kamen manchmal Vorschriften und Regeln, bei denen man merkte, dass die Landesregierung sehr weit weg von der Küste ist. Aber seine Ideen werden es nicht lösen. Was kommt als Nächstes? Dass wir uns vom Rest des Landes komplett loslösen und ein Zwergstaat werden?« Er schüttelte den Kopf und machte eine wegwischende Bewegung mit der Hand. »Das ist doch absurd!«

»Also entschieden Sie sich, die Veranstaltung beim Bauernmarkt in Großefehn zu stören?«, fragte Evert.

Görke Tjartel seufzte. »Ja, das war dumm«, gab er zu. »Aber seien wir doch mal ehrlich: Wir leben hier in Ostfriesland inzwischen vor allem von der Landschaft und dem Tourismus. Was glauben Sie, was hier los ist, wenn solche Kerle wie Wittmars mehr Aufmerksamkeit bekommen? Man kann doch nicht immer über die Auswärtigen motzen und davon leben, dass die herkommen und hier Urlaub machen! Diese Auswärtigen sind es, denen wir unsere Kartoffeln verkaufen und die Gästebetten vermieten!« Görke Tjartel schüttelte den Kopf.

»Ich denke nicht, dass Herr Wittmars grundsätzlich etwas dagegen hatte«, meinte Wiebke. »Es ging mehr um eine größere Autonomie von Hannover.«

»Ja, erstmal«, meinte Görke Tjartel. »Aber warten Sie mal ab, bis die Vereinsleute da ihren Willen haben!«

»Sie sind also zu dem Stand des Vereins Frya Fresena gegangen und haben Herrn Wittmars mit einem Farbbeutel beworfen«, sagte Evert, »um seinen Auftritt zu verhindern.«

»Nein, eigentlich wollte ich den Stand treffen«, sagte Herr Tjartel.

»Sag besser nichts«, meinte seine Frau in diesem Moment.

Er zuckte mit den Schultern. »Nee, ist schon in Ordnung«, meinte er. »Ich habe ja nichts zu verbergen.«

»Wenn du meinst«, gab sie zurück und trank einen Schluck Tee.

»Sie haben also auf den Stand gezielt«, bat Wiebke ihn weiterzusprechen.

»Jo, aber dabei den Wittmars direkt getroffen. Der sah aus! Knallrot von Kopf bis Fuß, wie aus einem Horrorfilm«, meinte Görke Tjartel und grinste bei der Erinnerung.

»Das war dumm von dir«, meinte seine Frau. »Hätte ich dir gleich gesagt, aber du hast ja vorher nicht gefragt. Der Kerl ist dann trotzdem aufgetreten.«

Görke Tjartels Lächeln erstarb. »Jo«, murmelte er. »Aber ich musste ja was machen.«

»Du musstest?«, meinte seine Frau und klang ein wenig verächtlich. »Ehrlich? Du musstest?«

»Der Wittmars und seine Bande stehen für ein Sich-Zurückziehen von der Welt«, wiederholte Görke Tjartel und gestikulierte ein wenig hilflos mit seinen Händen in der Luft. »Der würde doch aus Ostfriesland eine Insel machen, wenn er könnte. Das ist doch Unfug!«

»Ach und da dachtest du, du bist ein gutes Beispiel für deine Kinder und wirfst einen Farbbeutel, wenn dir die Meinung von jemandem nicht passt«, meinte sie, »damit der seine Meinung nicht vertreten kann?«

»Ja, nee, so war das nicht gedacht«, meinte er. »Aber ich musste ja was machen. Die anderen wollten den ja unbedingt auftreten lassen! Die finden teilweise richtig gut, was der sagt.«

»Ja, das dürfen die auch«, meinte seine Frau. »Die müssen nicht alle deiner Meinung sein! Görke, du hast gesagt, das war ein Besoffener mit dem Farbbeutel! Ich habe dir geglaubt!«

»Ach, das hatte ich gesagt?«, meinte er.

»Ja, hattest du. Man sollte sich seine Lügen wenigstens merken.«

»Das habe ich so dann nicht gemeint«, gab er zurück.

»Glaub ich gern«, sagte sie. Sie sah nun zu Evert und Wiebke. »Ist mein Mann jetzt in Schwierigkeiten?«

»Da keiner der betroffenen Akteure Anzeige erstattet hat, nicht«, sagte Wiebke. »Allerdings wüssten wir dennoch gerne, wo Sie gestern Abend gewesen sind.«

»Gestern Abend?«, gab Herr Tjartel zurück. »Ab wann?«

»Ab sechs Uhr«, spezifizierte Wiebke.

»Da war ich draußen, wir haben ein Grundstück nicht weit vom Großen Meer«, sagte er. »Dort stehen im Moment Kühe, und bei dem guten Wetter sind sie die ganze Zeit dort. Ich habe nach dem Rechten geschaut und was am Zaun repariert.«

»Gibt es jemanden, der bezeugen kann, dass Sie da waren?«, fragte Evert. »Jemand, der im fraglichen Zeitraum bei Ihnen war?«

»Nein, ich war die ganze Zeit allein«, erinnerte sich Herr Tjartel.

»Ab wann kann denn jemand für gestern Abend belegen, wo Sie waren?«, fragte Wiebke.

»Er hat hier um halb fünf bis kurz nach fünf gegessen«, sagte nun Frau Tjartel. »Wegen des guten Wetters war eine Menge auf den Feldern zu tun und er kam nicht eher dazu.«

»Ja«, sagte ihr Mann. »Und dann bin ich so um halb acht wiedergekommen, oder?«

»Das kommt hin«, meinte sie. »Vielleicht etwas früher. Ich habe nicht auf die Uhr geachtet.«

»Wieso ist das wichtig?«, fragte Görke Tjartel. »Hat man den Wittmars da umgebracht?«

»Wir klären erstmal nur, wer wann wo gewesen ist«, sagte Evert ausweichend. »Dann sehen wir weiter. Das ist für eine Mordermittlung meistens von elementarer Bedeutung.«

»Verstehe«, meinte Görke Tjartel.

»Wir brauchen also keinen Anwalt oder so?«, fragte seine Frau.

»Nein«, sagte Wiebke. »Erst einmal nicht.«

Irgendwo im Haus begann ein Kind zu schreien. Frau Tjartel stand auf und verließ den Raum.

Als sie die Tür geschlossen hatte, fragte Evert Herrn Tjartel: »Könnten Sie sich vorstellen, wer Herrn Wittmars umbringen wollte?«

»Dafür kannte ich ihn nicht gut genug. Ich meine, er wirkte immer so herrisch. So einer, der mit Ihnen redet, als wären Sie ein Idiot und sollten gefälligst machen, was er sagt. Wenn er mit einem sprach, hatte man das Gefühl, er redet nicht mit einem Menschen, sondern mit einem dummen Hund!« Er wurde dabei ein wenig rot auf den Wangen. »Aber ich habe ihm nichts getan! Das denken Sie doch, oder?«

»Wir spekulieren erstmal nicht«, meinte Evert. »Wir klären nur, wer sich wo aufgehalten hat. Das wäre dann auch erstmal alles von unserer Seite aus.« Er sah zu seiner Kollegin, doch die schien auch keine weiteren Fragen zu haben. Evert reichte Herrn Tjartel seine Karte. »Hier können Sie sich melden, wenn Ihnen noch etwas einfällt, von dem Sie denken, dass es fallrelevant ist. Wir hätten auch noch gerne von Ihnen eine Telefonnummer, unter der wir Sie möglichst direkt erreichen können.«

»Klar, »sagte der Mann und steckte die Karte weg. »Kann ich sie diktieren?«

»Ja«, sagte Wiebke, die ihr Telefon aus der Tasche gezogen hatte. Sie tippte die Nummer ein, die Tjartel diktierte. Dann verabschiedeten sie sich und verließen das Haus.

Evert und Wiebke gingen zurück zum Auto. Nachdem Evert seinen Hund in die Box gelassen hatte, setzte er sich auf den Beifahrersitz. Seine Kollegin sah ihn nachdenklich an.

»Und nun?«, fragte sie. »Es ist irgendwie vertrackt.«

»Wir haben die beiden Söhne, die alles erben«, meinte Evert. »Die haben ein Motiv, aber ein Alibi.«

»Dann gibt es die Mutter mit einem Motiv und keinem Alibi«, meinte Wiebke. »Sie könnte das für ihre Söhne gemacht haben oder aus Rache.«

»Und als weiteren Verdächtigen Herrn Tjartel«, meinte Evert. »Ich will gerne mehr über die Ex-Frau und Herrn Tjartel erfahren. Beide haben ein Motiv und auch die Gelegenheit gehabt.«

Seine Kollegin startete den Motor des Wagens.

»Jetzt müssen wir nur noch herausfinden, ob einer von beiden gelogen hat«, meinte sie.

Oder ob es jemanden gibt, den wir übersehen haben, dachte Evert, während er in den am Autofenster vorbeiziehenden abendlichen ostfriesischen Himmel sah und nachdachte.

*

Evert und Wiebke verbrachten den restlichen Abend mit ein paar Überstunden im Büro der Kriminalpolizei Aurich.

Sie versuchten noch mehr über die Angehörigen des Mordopfers herauszufinden. Wiebke bekam einen Anruf, was Evert nur am Rande registrierte. Nach einem kurzen Gespräch legte sie auf.

»Das war Klaas«, sagte sie und riss Evert jetzt vollends aus seinen Gedanken. »Er hat noch mit einem Vorstandsmitglied von Frya Fresena gesprochen und macht morgen weiter. Er geht erstmal in den Nachtwächter, um ein spätes Abendessen zu bekommen, und rät uns, das auch zu tun.«

»In den Nachtwächter zu gehen?«, meinte Evert und schmunzelte. Er wusste, dass Klaas Wiebke und ihm geraten hatte, auch Feierabend zu machen. Der Nachtwächter war eher Klaas' großes Vergnügen. Diese alte Kneipe in Aurich war für ihn offenbar ein besonderer Ort. Evert war zwar schon dort gewesen, konnte aber nicht genau sagen, was sein älterer Kollege daran fand. Für Evert war sie nur eine Kneipe mit älterem Mobiliar.

»Ich denke, er hat recht«, meinte Wiebke und ging nicht auf die Bemerkung ihres Kollegen ein. »Wir sollten Feierabend machen. Morgen ist ein neuer Tag und wir können dem ganzen frisch gegenübertreten.«

Evert streckte sich und musste ein Gähnen unterdrücken.

»Du hast recht«, sagte er. »Weißt du, was ich gerade noch herausgefunden habe?«

»Spann mich nicht auf die Folter«, sagte Wiebke und räumte ihre Teetasse, das Stövchen und die Kanne auf ein kleines Tablett, um alles in die Teeküche der Polizeiwache zu bringen, bevor sie gingen.

»Ich habe nochmal mit dem Notar gesprochen«, meinte Evert. »Wusstest du, dass Herr Wittmars sein Testament erst vor einem Jahr geändert hat?«

»Nein«, sagte Wiebke. »Erzähl!«

»Christian Wittmars hat seine Ex-Frau aus dem Testament gestrichen«, sagte Evert. »Vor zwei Monaten.«

»Ist etwas vorgefallen?«, fragte Wiebke.

»Der Notar sagte, dass lediglich das Testament angepasst worden wäre«, sagte Evert. »Es wäre seit der Scheidung unverändert gewesen, und in dieser alten Fassung bekam Christian Wittmars' Ex-Frau gut ein Viertel seines Geldes. Das hat er dann angepasst. Laut Notar habe Herr Wittmars lediglich reinen Tisch machen und seine Angelegenheiten regeln wollen.« Evert zuckte die Schultern. »Es kann sein, dass das stimmt. Möglicherweise ist aber doch etwas vorgefallen zwischen den beiden.« Er schaltete seinen Dienstrechner ab.

»Sie sagte aber, dass sie ihn vor zwei Wochen gesehen hat und davor keinen Kontakt pflegte«, meinte Wiebke.

»Sagte sie«, stimmte ihr Evert zu. »Aber ob das stimmt, wissen wir nicht.«

»Sehen wir uns morgen an«, sagte Wiebke dann und nahm das Tablett. »Vielleicht finden wir ja noch mehr über die beiden heraus.«

»Vielleicht«, stimmte ihr Evert zu. Als er aufstand, sprang Fiete freudig wedelnd auf. Er folgte den beiden in den Flur.

Wiebke ging in die Teeküche und Evert verabschiedete sich von ihr. Er ging direkt nach unten zu seinem silbernen Mountainbike und schloss es auf. Fiete neben ihm wedelte und lief aufgeregt um sein Herrchen und das Fahrrad herum, als Evert in Richtung Straße fuhr.

»Ich weiß«, sagte Evert. »Es war ein langer Tag und du brauchst etwas Bewegung.« Wie zur Bestätigung bellte der Labrador Retriever.

»Aber vorher fahren wir noch bei Oma Tieske vorbei«, sagte Evert und fuhr zur Ampel, um auf den Georgswall zu gelangen. Er hatte der alten Frau zugesagt, nochmal bei ihr vorbeizusehen, und das wollte er zumindest probieren. Zudem konnte er jetzt einen guten Kaffee gebrauchen, und den besten bekam man bei Oma Tieske. Er fuhr das kurze Stück zu ihrem Kiosk, in dem noch Licht brannte.

»Ah, min Jung«, sagte sie und winkte Evert zu, als er sein Fahrrad ausrollen ließ und dann abstieg. »Ich habe dir extra eine Koppke in der Kanne behalten.« Ohne nachzufragen, holte sie eine Tasse und füllte ihm den Inhalt der Kanne ein.

»Vielen Dank«, sagte Evert und nahm die Tasse. »Die kann ich jetzt gut gebrauchen.«

»Habt ihr einen schweren Fall, wenn du heute so lange bei der Arbeit geblieben bist?«, fragte Oma Tieske, nachdem Evert einen Schluck genommen hatte und den warmen Kaffee genoss.

»Haben wir«, sagte Evert.

»Willst du nicht drüber reden, oder bist du wegen irgendwas insnappt?«, fragte sie.

»Nee, ich bin nicht eingeschnappt, nur erschöpft«, meinte Evert. »Darum bin ich so einsilbig. Außerdem kann ich dir zu dem Fall nix sagen. Es ist noch nichts offiziell, soweit ich weiß.«

»Ja, das muss ja auch hier keine Presseverlautbarung für den Auricher Boten sein«, meinte Oma Tieske. »Nur ein kleiner Klönschnack zwischen uns beiden.«

Das könnte die Reichweite des Auricher Boten sogar vielleicht überbieten, dachte Evert, sagte es aber nicht. Er mochte die alte Frau. So gut, wie sie immer informiert war, würde sie umgekehrt sicher auch einiges an Informationen verbreiten. Das wollte er lieber vermeiden.

»Bisher gibt's nicht viel zu schnacken«, meinte Evert. »Wir haben einen Toten, und der hat Leute, die ihn nicht leiden konnten.«

»So weit, so gewöhnelk«, meinte Oma Tieske. »Jeder, der mit anderen Menschen zu tun hat, findet einen, der ihn nicht leiden kann.«

»So ist das«, stimmte ihr Evert zu. »Aber jetzt ist einer tot. Und da muss es einen Grund geben. Wenn man eines aus der Kriminologie weiß, dann, dass die Leute nicht wahllos morden. Das ist meist gut überlegt.«

»Na, so gut dann auch wieder nicht«, meinte Oma Tieske. »Immerhin löst das ja meist keine Probleme dauerhaft. Bleibt ja immer jemand zurück, und dann gehen die Probleme nur für jemand anderen los.«

»Das stimmt«, meinte Evert und trank erneut von seinem Kaffee. »Aber die Leute glauben immer wieder, dass es ihr einziger Ausweg ist, wenn jemand anderes verschwindet.«

»Ist irgendwie sehr selbstbezogen«, meinte Oma Tieske. »Als gäb es sonst keine Probleme.«

»Das ist es«, meinte Evert und lächelte. »Aber Menschen, die glauben, dass ihnen nur ein Ausweg bleibt, greifen zu drastischen Mitteln.«

»Ach«, machte Oma Tieske und machte eine wegwerfende Handbewegung. »Ich würde sagen, die Hälfte der Morde, von denen ich je gehört habe, wäre vermeidbar gewesen, wenn die Täter nur ein bisschen Rückgrat gehabt hätten. Es gibt immer einen anderen Weg, und manchmal muss man sich damit abfinden, dass die eigenen Handlungen eben Konsequenzen haben.«

Evert nickte und trank einen weiteren Schluck von seinem Kaffee.

Kapitel 6

Johann Gossel ging über den Parkplatz hinter der Werkhalle im Gewerbegebiet Sandhorst im Norden Aurichs. Es war früh am Morgen und die ersten Fahrzeuge der Mitarbeiter der Frühschicht parkten hier. In einer Ecke des Parkplatzes, angrenzend an die Fläche der Autofirma Wittmars, stand ein alter Wohnwagen. Er war grün gestrichen worden, vermutlich damit man die Moose und Flechten nicht sah, die sich darauf angesiedelt hatten.

Normalerweise saß auf dem Klappstuhl vor dem Wohnwagen um diese Uhrzeit Geert Lüpsen. Johann Gossel kannte Geert schon seit der Schule und hatte ihm vor drei Jahren erlaubt, seinen Wohnwagen hier hinzustellen. Geert war ein schwieriger Kerl, aber er hatte das Herz nach Johanns Meinung am rechten Fleck. Er hatte sich den Wohnwagen mit dem Geld, das er durch Flaschensammeln verdient hatte, gekauft und würde sich irgendwann vielleicht wieder ganz fangen. Er wollte keine Hilfe, und Johann respektierte das. Außerdem passte er auf die Werkhalle auf.

Johann Gossel ging zum Wohnwagen und klopfte. »Bist du da, Geert?«, fragte er.

Niemand antwortete. Johann Gossel nahm einen seltsamen Geruch wahr. War das Gas?

»So ein Schiet!«, murmelte er. »Geert, bist du da?«

Er griff nach der Türklinke, die in der Tür versenkt war und riss an ihr. Die Tür öffnete sich nicht.

Dann klopfte er dagegen und rief nach Geert, doch dieser antwortete noch immer nicht. Anschließend zog Johann Gossel sein Telefon aus der Tasche und rief die Feuerwehr.

*

Wiebke Jacobs trank schnell den letzten Schluck Tee aus ihrer Tasse und stand vom Küchentisch auf. Sie hatte sich lediglich einen schwarzen Tee mit Beutel aufgegossen, denn

85

es musste schnell gehen. Es war noch früh am Morgen, und wenn sie sich beeilte, würde sie nicht in den üblichen Berufsverkehr nach Aurich hereinkommen.

Sie wohnte in Rysum an der Knock und die Straße nach Aurich war morgens immer sehr voll, sodass sie lange zur Arbeit brauchte. Das Geräusch der Haustürklingel schreckte sie aus ihren Gedanken auf.

Sie ging durch den Hausflur, passte gut auf, dass sie nicht in die beschädigte Holzdiele trat, und öffnete die Tür.

»Moin, Frau Jacobs«, sagte ein Mittvierziger in grauer Latzhose, der vor Wiebkes Tür stand. Der Handwerker war schon ein paar Mal in ihrem Haus gewesen und hieß Hannes Middents. Da an dem von ihren Großeltern geerbten Haus vieles zu renovieren war, hatte Wiebke öfter die Hilfe des Schreiners in Anspruch genommen.

»Moin, Herr Middents«, sagte Wiebke etwas irritiert. »Unser Termin war doch erst nächste Woche, oder?« Sie sah auf die Uhr.

»Ja, das stimmt«, meinte Herr Middents. »Aber ich bin gerade zu einem Kunden unterwegs, und da fuhr ich hier vorbei und sah, dass Ihr Wagen in der Einfahrt steht und das Licht brennt. Also dachte ich: Angucken kann man da ja schon mal, oder?«

»Sicher«, sagte Wiebke. »Ich muss aber gleich los.«

»Dauert ja auch nicht lange«, unterbrach sie Middents. »Dann bin ich auch schon wieder weg.«

»Also gut«, meinte Wiebke. »Kommen Sie rein.« Sie trat zur Seite. »Da, das Brett ist kaputtgegangen«, sagte sie. »Kann man das ausschleifen?«

Herr Middents beugte sich vor und sah sich die Stelle genauer an. Inmitten des Parketts in Wiebkes Flur war eine deutliche Macke zu sehen. Sie war mehr als fingerbreit und fast ebenso tief. Der Mann fuhr mit der Hand über die Vertiefung.

»Was ist denn da draufgefallen?«, fragte er.

»Ein Werkzeug«, gab Wiebke zu. »Ich war unaufmerksam und da ... na ja, Sie sehen es ja selbst. Kann man das ausschleifen?«

»Da muss ich erstmal die Holzbohle auf ganzer Länge rausnehmen und sehen, ob das überhaupt dick genug ist«, meinte er. Er verzog den Mund, während er nachdachte. »Also, ich sag mal, probieren kann man das mit dem Ausschleifen, bevor man alles andere macht. Aber ich befürchte, die Bohle muss raus.«

»Was wird das kosten?«, fragte Wiebke.

»Oh, da muss ich erstmal nachsehen«, gab Herr Middents zurück. »Sehen Sie, Ihre Bohle ist breiter als üblich. Das ist hier alles noch alt, oder?«

»Ja, das ist noch original«, meinte Wiebke.

»Ja, die Bohlen waren damals nicht so genormt, und diese Breite ist quasi für heutige Verhältnisse überbreit. Da muss ich sehen, was das Anfertigen kostet. Geht ja nicht jedes Holz, soll ja auch hinterher passen. Selbst dann wird es schwer wegen Maserung und Alter des Holzes. Da müssen wir mal sehen.« Er zog einen kleinen Notizblock aus der Brusttasche seiner grauen Latzhose und begann mit einem Zollstock, die Stelle zu vermessen. Die Zahlen schrieb er sich auf, bevor er dann sein Telefon nahm und ein paar Fotos machte.

Wiebke bemerkte auf dem Notizblock einen kleinen Aufkleber des Vereins Frya Fresena. »Sind Sie Anhänger von denen?«, fragte sie und deutete auf den Aufkleber.

»Kein Mitglied«, gab Herr Middents zurück. »Aber grundsätzlich finde ich, dass die eine gute Arbeit machen. Die kümmern sich viel um hiesige Veranstaltungen, organisieren selbst mit und wollen auch, dass unsere Stimme deutlicher gehört wird in Hannover.«

»Und das finden Sie gut«, schloss Wiebke.

»Wir haben das hier ja alles gebaut«, sagte er und zuckte mit den Schultern. »Rysum ist doch auch nur ein Warftdorf. Den Haufen haben wir aufgeworfen, um darauf zu leben, und den

Deich haben wir gebaut, um nicht ständig nasse Füße zu bekommen. Da braucht es keinen aus Hannover, der meint, alles besser zu wissen.«

»Gibt ja auch kritische Stimmen«, meinte Wiebke wie beiläufig. »Sie kommen doch aus Großefehn, oder?«

»Ja, da sagen Sie was«, meinte Herr Middents. »Kennen Sie den Görke? Also den Görke Tjartel? Der hat neulich mit einem Farbbeutel versucht, das Bauernfest zu stören.«

»Habe ich gehört«, sagte Wiebke und wartete ab, dass ihr Gegenüber weitersprach.

»Tja, das ist einer«, meinte Herr Middents. »Sowas macht man doch nicht! Die Vereinsleute haben da so richtig schön was mit der Landjugend aufgebaut, und dann will der alles stören. Nur weil er nicht deren Meinung ist! So geht das nicht! Er muss ja nicht mitfeiern, aber das war doch alles legal, da kann man doch nicht als Richter und Vollstrecker losziehen und sagen: Ich beende das jetzt.«

»Nein, das geht nicht«, stimmte Wiebke zu.

»Das ist doch ein zivilisatorischer Fortschritt, dass wir Regeln haben und uns nicht so behandeln«, meinte Herr Middents. »Aber so ist das. Gibt immer solche und solche. Kann man ja froh sein, dass nichts Schlimmeres passiert ist.«

»Wieso was Schlimmeres?«, fragte Wiebke.

»Ach, ich will hier nicht schlecht über Leute reden, die nicht da sind«, meinte Herr Middents, fuhr dann aber fort: »Aber der Görke ist wohl eher so einer, der sehr schnell mal selbst entscheidet, was gut ist.«

Wiebke runzelte die Stirn, sie hatte zu Görke Tjartel keine Vorstrafen gefunden.

»Was meinen Sie?«, fragte sie.

»Na, ich habe gehört, dass in seiner Nachbarschaft mal Landmaschinen kaputtgegangen sind. Zufällig gehörten die dann Leuten, mit denen er nicht gut klarkam. Oder da wurde Farbe auf die Windschutzscheibe eines geparkten Treckers gesprüht, von einem, den er nicht leiden konnte. Sowas halt. Das waren angeblich immer irgendwelche Jugendlichen, die sich ausprobieren wollten. Aber ich sach immer: Wenn der Gummistiefel passt … tja.« Herr Middents zuckte mit den Schultern. »So sagt man jedenfalls.«

»Sagt man das?«, meinte Wiebke und nahm sich vor, bezüglich der Sachbeschädigungen Nachforschungen anzustellen.

»Jo«, sagte Herr Middents und sah auf die Uhr. »So, ich muss weiter. Den Termin nächste Woche behalten wir aber im Kalender, da überlege ich mir, was wir machen. Vielleicht kann ich da vor Ort mal versuchen, das auszubessern oder aber wir müssen dann doch das Brett auf voller Länge rausnehmen.« Er kratzte sich am Kopf. »Oder nur ein Stück. Ich überleg mir da schon eine Lösung.«

Er verabschiedete sich und Wiebke beeilte sich, zur Arbeit zu kommen.

*

Evert ließ sein Fahrrad ausrollen und betätigte dann doch die Bremse, als er auf Höhe eines geparkten Wagens der Fahrbereitschaft vorbeikam.

»Moin«, sagte er zu seiner Kollegin Wiebke Jacobs, die am Steuer des Fahrzeugs saß.

»Moin, da bist du ja endlich«, gab sie zurück. »Wir müssen los.«

»Gibt es neue Erkenntnisse im Fall Christian Wittmars?«, fragte Evert überrascht und stellte sein Fahrrad neben dem Eingang der Polizeiwache ab. Er schloss es ab und ging, gefolgt von Fiete, zum Auto.

»Nein, aber einen neuen Toten«, sagte Wiebke. »Klaas ist schon mit Tido vor Ort und sieht sich alles an. Es ist nicht ganz klar, was passiert ist. Die Feuerwehr hat uns gerufen. Aber die Kollegen von der Bereitschaft dachten, es interessiert uns.«

»Wieso?«, fragte Evert und öffnete den Kofferraum, um Fiete in seine Box zu lassen.

»Weil der Tote im Gewerbegebiet neben dem Grundstück von Sebastian Wittmars gefunden wurde«, sagte Wiebke.

»Oh«, gab Evert zurück und setzte sich, nachdem er den Kofferraum wieder geschlossen hatte, auf den Beifahrersitz.

Wiebke fuhr los.

Nach einer kurzen Fahrt waren sie im Gewerbegebiet Sandhorst im Norden der Stadt.

Wiebke wollte erst auf den Parkplatz vor der Gebrauchtwagenfirma von Sebastian Wittmars einbiegen, sah dann aber, dass ihre Kollegen auf dem Parkplatz eine Einfahrt weiter geparkt hatten. Dort stand ein Dienstwagen der Polizei.

Sie parkten daneben und Evert ließ seinen Hund vorsorglich im Auto, öffnete aber die Kofferraumklappe, damit er es nicht zu warm haben würde. Es war zwar noch früh am Morgen, aber es würde sicher wieder ein warmer Tag werden, da war sich der Ermittler sicher.

Tido und Klaas unterhielten sich mit einem Mann vor einem Wohnwagen.

»Moin«, sagte Evert und stellte sich und Wiebke vor. »Was gibt es?«

»Moin«, kam es von den drei Männern zurück. »Das ist Johann Gossel, der mietet die Halle da drüben«, stellte Klaas Evert den fremden Mann vor. »Sie können ja mal selbst sagen, was heute Morgen passiert ist.«

»Also, ja, klar«, gab der angesprochene Mann zurück. »Also ich bin heute Morgen hier vorbeigekommen, um bei Geert zu klopfen. Er wohnt hier seit einigen Jahren, weil er ja irgendwo mit dem Ding stehen muss, und das ist sein Zuhause.«

»Was geschah dann?«, fragte Evert, der noch nicht ganz verstanden hatte, wieso das ein Fall für die Mordkommission war.

»Tja, dann habe ich Gas gerochen und habe die Feuerwehr gerufen«, sagte Herr Gossel. »Die kamen und gingen da rein, fanden … die fanden den Geert. Er war tot. Und dann rief der eine von der Feuerwehr auch schon die Polizei.«

»Die Kollegen haben uns sofort verständigt, als sie den Toten sahen«, meinte Klaas. »Kommt mal mit, ihr beiden, und seht euch den Verstorbenen an. Es ist zu eng im Wohnwagen für uns drei, ich bleibe hier neben der Tür stehen.«

Sie gingen ein paar Schritte zum Wohnwagen, während Herr Gossel mit Tido zurückblieb.

»Also gut, was sollen wir uns ansehen?«, fragte Evert und stieg in den Wohnwagen, gefolgt von Wiebke.

Der Wohnwagen war mit hellen Kiefernfurniermöbeln eingerichtet und wirkte gut gepflegt, wenn auch ein wenig alt. Im vorderen Bereich gab es zwei sich zugewandte Sitzbänke mit einem Tisch in der Mitte. Auf dem Tisch lag ein Buch. Im mittleren Bereich waren zwei Türen, eine Schranktür und eine, die vermutlich zu einer Toilette führte. Auf der anderen Seite gab es eine kurze Küchenzeile mit Kochstelle. Im hinteren Bereich befand sich eine größere Sitzgelegenheit, die allerdings zu einem Bett umgebaut war. Dort lag ein Mann Ende sechzig. Seine kurzen schütteren grauen Haare waren ein wenig durcheinander. Sein Blick ging starr zur Decke. Er war zweifelsfrei tot.

»Der Sanitäter der Feuerwehr hat ihn sich angesehen und kaum was verändert«, sagte Klaas von der Tür aus. »Er hat gleich richtig erkannt, was hier vorliegt.«

»Ein Mord, nehme ich an«, sagte Evert.

»Richtig. Schon erkannt, warum?«

»Weil du uns sonst nicht hergerufen hättest«, sagte Evert.

»Das stimmt. Alles sieht in erster Linie nach einem Mann aus, der am Gas erstickt ist. Er ist aber ermordet worden.«

»Ist er nicht erstickt? Kann man das direkt ausschließen?«

»Nein, Herr Doktor, ausschließen kann man es erst nach dem Bericht des Gerichtsmediziners. Aber mit der Erfahrung eines guten Ermittlers kann man sagen, dass es sehr unwahrscheinlich ist, dass der Mann erstickte«, meinte Klaas. »Ich habe auch schon gecampt, und Propangas, wie es hier Verwendung findet, riecht man. Propangas ist eigentlich geruchslos, aber da wird etwas beigemengt und dann riecht das wie faule Eier.«

»Das heißt, er hätte gemerkt, wenn er irgendwo das Gas aufgelassen hätte«, meinte Wiebke.

Evert beugte sich über den Toten. »Er riecht allerdings ziemlich nach Alkohol«, gab der Ermittler zu bedenken. »Es könnte schon sein, dass er zu betrunken gewesen ist, um zu merken, dass es nach Gas riecht.«

»Wo kam das Gas denn her?«, fragte Wiebke.

»Vom Kochfeld«, meinte Klaas.

»Er könnte also gut sein, dass er versehentlich das Gas aufgedreht hat und dann betrunken erstickt ist«, meinte Wiebke.

»Es ist möglich, aber das wird ein Bluttest zeigen«, meinte Klaas. »Aber die Hämatome sprechen eine andere Sprache, oder?«

»Stimmt«, sagte Evert, der sich vorgebeugt hatte, um die dunklen Stellen am Hals des Toten genauer anzusehen. »Er sieht stranguliert aus.«

»Sieht so aus«, stimmte Wiebke zu. Evert trat zurück und ließ sie dadurch näher an den Toten heran.

»Geert Lüpsen haben wir gestern einmal kurz gesehen«, erinnerte sich Evert. »Aber er taucht in unseren Ermittlungen nicht auf. Es gibt keinen Zusammenhang mit Christian Wittmars, bis auf die Tatsache, dass Herr Lüpsen hier nebenan von der Arbeitsstelle von Wittmars' Sohn wohnt.«

»Hast du schon alles abgespurt?«, fragte Wiebke.

»Nein, nicht alles«, sagte Klaas. »Nur dokumentiert habe ich und den Toten angesehen. Er hat noch sein Portemonnaie bei sich und etwas Bargeld ist darin. Soweit ich das sehen kann, sieht es nicht aus, als wäre er bestohlen worden. Er hat mehrere hundert Euro in einem Buch in einem Seitenfach liegen.«

Evert ging zurück zum Eingang und hinaus zu Klaas. Wiebke folgte ihm.

»Woher hat ein Mann, der in einem Wohnwagen lebt und sein Geld mit Flaschensammeln verdient, so viel Geld?«, fragte er.

»Das ist eine gute Frage, Herr Doktor«, meinte Klaas. »Solltet ihr mal zusehen, dass ihr das herausbekommt.«

»Werden wir«, meinte Evert.

Sie gingen zurück zu Johann Gossel.

»Ist es wahr?«, fragte der jetzt. »Hat man Geert umgebracht?«

»Es tut uns sehr leid, aber ja, es sieht danach aus«, sagte Evert. »Es wird gleich noch ein Gerichtsmediziner kommen und das abschließend klären. Aber die Spuren sehen nach einem vertuschten Mord aus.«

»Aber doch nicht Geert«, meinte Johann Gossel. »Er war manchmal etwas laut und ruppig, aber immer sehr nett. Er konnte keiner Fliege was zuleide tun.«

»Wie war Ihr Verhältnis zu ihm?«, fragte Evert.

»Wir kennen uns seit der Schule«, sagte Johann Gossel. »Geert hat Schwierigkeiten bekommen. Er hat alles verloren. Früher hatte er mal einen Laden, aber das hat nicht geklappt, und irgendwie ist er dann auf der Straße gelandet. Er hat da nicht in Aurich gewohnt. Irgendwann habe ich ihn in Aurich beim Flaschensammeln getroffen. Er erzählte mir, dass er damit bald einen Wohnwagen kaufen wollte, damit er nicht mehr auf der Straße leben muss. Ich habe ihm aus einer Laune heraus angeboten, er könnte den zu mir bringen und da abstellen, wenn es so weit ist. Es hat mich sehr schockiert, ihn so auf der Straße zu sehen.«

»Was geschah dann?«, fragte Evert.

»Tja, dann stand er eines Tages mit dem Wohnwagen hier«, erinnerte sich Herr Gossel. »Der Kerl, von dem er ihn gekauft hat, hat ihn gegen ein paar Euro extra hergebracht. Der Wohnwagen kommt von einem Campingplatz beim Großen Meer, und der Besitzer hat Geert wohl einen guten Preis gemacht. Dann habe ich mein Versprechen wahr gemacht. Er steht hier seit ein paar Jahren und er stört ja niemanden.«

»Es ist allerdings illegal«, meinte Wiebke. »Störte das nicht auch Ihre Nachbarn?«

»Ach, die haben sich alle an Geert gewöhnt«, meinte Herr Gossel. »Ich habe mit denen geredet, und auch wenn am Anfang alle skeptisch waren, ging das dann klar. Es ist auch ein Vorteil für uns alle gewesen.«

»Inwieweit?«, fragte Evert.

»Na, Geert hat nachts hier auf alles aufgepasst«, meinte Herr Gossel. »Gibt immer wieder Diebesbanden, die in so ein Gewerbegebiet fahren, um einzubrechen. Man ist hier einsam, und mancher hofft dann, einiges mitzunehmen, bevor die Polizei aus Aurich kommt. Oder Jugendliche fahren hier hin, um Unfug zu machen oder auf den Parkplätzen vor den Gebäuden das Driften zu üben. Da sagte Geert dann auch Bescheid und hatte ein Auge auf alles.«

»Sie waren beide zufrieden mit dem Arrangement?«, fragte Evert.

»Ja, ich für meinen Teil schon«, meinte Herr Gossel. »Der Geert auch. Er sparte sehr viel von seinem Geld und hat mir mal gesagt, er wollte sich auch ein Auto kaufen, um dann mit dem Wohnwagen mobil zu sein. Das geht aber natürlich nicht ohne eine Meldeadresse für die Versicherungen und die laufenden Kosten. Also hat er das erstmal gelassen.«

»Gab es einen Grund, warum er nicht versucht hat, eine eher gewöhnlichere Arbeit anzunehmen?«, fragte Wiebke. »Ich meine, nachdem er sich offenbar so weit gefangen hatte, dass er hier doch einen Rückzugsort hatte und zumindest von der Straße runter war.«

»Tja, der Geert war so einer«, meinte Herr Gossel. »Er hatte immer große Pläne, immer einen neuen großen Plan oder eine neue Idee, aber so richtig durchgezogen hat er das alles nicht. Das letzte Mal ist er pleite gegangen und auf der Straße gelandet. Danach hat er sich irgendwie nie mehr so richtig getraut, ist jedenfalls meine Meinung. Ich will hier auch nicht küchenpsychologisch analysieren, das ist nicht mein Fachgebiet.«

»Trotzdem sind wir für Ihre Einschätzung dankbar«, sagte Evert. »Wissen Sie, ob Herr Lüpsen Angehörige hatte, die uns weiterhelfen könnten oder die informiert werden müssen?«

»Er hatte eine Schwester«, meinte der Mann und kratzte sich am Kinn. »Die Altje hat aber geheiratet und wohnt irgendwo in einem der Dörfer. Warten Sie … Neinhaus? Nee, Niehuus, so heißt sie jetzt. Ich habe sie ewig nicht gesehen, aber er hat sie mal erwähnt. Er meinte, dass es so schwer sei, ohne Auto zu ihr zu kommen.«

»Vielen Dank«, sagte Evert. »Sonst noch jemanden?«

»Ich glaube nicht«, meinte der Mann nachdenklich. »Seine Eltern sind tot und außer seiner Schwester weiß ich von keiner Familie. Aber wir haben uns viele Jahre nicht gesehen. Er kann in der Zeit Kinder und eine Ehefrau gehabt haben, von denen ich nichts weiß. Er hat aber nichts dergleichen erwähnt.« Er zuckte mit den Schultern. »Tut mir leid, da kann ich Ihnen nicht weiterhelfen.«

»Das macht nichts«, sagte Evert. »Aber sagen Sie, hat der Tote mal einen Mann namens Christian Wittmars erwähnt?«

»Wittmars?«, echote Herr Gossel. »Sie meinen, wie Gebrauchtwagen Wittmars nebenan?«

»Genauso geschrieben«, bestätigte Evert.

»Keine Ahnung, mir gegenüber nicht«, meinte Herr Gossel. »Ich glaube, der Nachbar heißt aber nicht Christian, oder? Irgendwas mit S hat der als Vornamen. Ich weiß, dass ich mal wegen Geert mit ihm gesprochen habe, aber das ist Jahre her, und seitdem ist das hier eher ein freundliches Nebeneinander der Betriebe, wenn Sie verstehen. Ist keine Duz-Freundschaft.«

In diesem Moment kam durch eine Seitentür der Halle ein Mann in blauer Latzhose heraus. »Chef, wir haben da mal eine Frage zu der neuen Maschine«, sagte der junge Mann.

»Ich komme«, rief Herr Gossel und sah dann zum Ermittler. »Ist es in Ordnung, wenn ich gehe?«

»Sicher«, sagte Evert. Er reichte dem Mann seine Karte. »Wenn Ihnen noch etwas einfällt, von dem Sie denken, dass es fallrelevant ist, rufen Sie uns an, egal wann. Ihre Kontaktdaten hat mein Kollege schon aufgenommen?«

»Hat er«, bestätigte der Mann.

Sie verabschiedeten sich. Evert und Wiebke gingen zurück zum Wohnwagen.

»Noch was gefunden?«, fragte Wiebke Klaas.

»Ich habe etwas Papierkram gefunden, Kleidung, bisher nichts, das relevant aussieht. Die Fenster und das Türschloss sehen in Ordnung aus, da ist niemand eingebrochen.«

»Wir haben erfahren, dass der Tote eine Schwester namens Altje Niehuus haben soll«, sagte Wiebke. »Die wollen wir jetzt mal ausfindig machen.«

»Moment«, rief Klaas und tauchte kurz darauf im Eingang des Wohnwagens wieder auf. »Das ist nichts für mich, alles so eng hier. Hier, Altje Niehuus hat ihm vor einem Jahr einen Brief geschrieben. Hier steht eine Absenderadresse aus Cirkwehrum.«

»Wo ist das denn?«, meinte Evert.

»Das ist gar nicht so weit von Rysum entfernt«, sagte Wiebke. »Das Dorf dürfte zur Gemeinde Hinte gehören.«

»Dann sollten wir herausfinden, ob Geert Lüpsens Schwester da noch wohnt«, meinte Evert. »Wir können unterwegs immer noch eine Anfrage stellen, um die Meldeadresse zu überprüfen. Aber da wir auch ein Stück zu fahren haben …«

»Machen wir das so«, stimmte Wiebke zu. »Du fragst unterwegs ab, ob die Adresse noch stimmt.«

»Hast du noch was Interessantes gefunden?«, fragte Evert an Klaas gerichtet.

»Nein, gar nichts bisher«, meinte Klaas. »Ich gehe jetzt noch in Ruhe die Habseligkeiten im Wohnwagen durch und warte darauf, dass endlich die Gerichtsmedizin kommt. Du solltest aufpassen, Herr Doktor.«

»Worauf?«, gab Evert zurück.

»Nicht alles, was gleichzeitig passiert, hat auch miteinander zu tun«, meinte Klaas. »Das hier kann ein Zufall sein.«

»Kann es«, stimmte ihm Evert zu. »Aber wir müssen offen bleiben bei der Ermittlung.«

»Das stimmt«, meinte Klaas. »Wir finden schon heraus, was hier passiert ist. Die Verbrecher machen immer Fehler, und die finden wir.«

Sie verabschiedeten sich von ihrem Kollegen und gingen zurück zu ihrem Auto.

Evert sah im Kofferraum nach seinem Hund. Fiete hatte sich hingelegt und sein Kopf ruhte auf den gekreuzten Vorderpfoten. Die Augen des Hundes waren geschlossen.

Evert sah ihn einen Moment an und versuchte zu erkennen, ob er wirklich schlief oder lediglich döste.

Fiete öffnete ein Auge und blickte zu seinem Herrchen. Der schwarze Labrador Retriever wedelte, was laut zu hören war, da er immer wieder im Inneren an der Hundebox anschlug.

»Ich hoffe, dir geht's gut da drin«, meinte Evert und öffnete die Tür, um den Hund zu kraulen.

»Wir könnten noch kurz mit Sebastian Wittmars sprechen«, schlug Wiebke vor. »Wo wir schon hier sind.«

»Du meinst, ob er eine Verbindung zwischen seinem Vater und dem toten Herrn Lüpsen kennt?«

»Genau«, meinte Wiebke.

»Einen Versuch ist es wert«, stimmte ihr Evert zu. Er ließ den Kofferraum des Autos auf und ging mit seiner Kollegin zusammen auf den großen Parkplatz des Gebrauchtwagenhändlers. Im Eingangsbereich trafen sie Sebastian Wittmars. Er unterhielt sich mit einem seiner Mitarbeiter.

»Moin, Herr Wittmars«, sagte Evert. »Wir nochmal. Können wir Ihnen noch ein paar Fragen stellen?«

»Sicher, wenn es Ihnen hilft«, sagte Sebastian Wittmars. »Gleich kommen Kunden, die ein teures Auto kaufen wollen. Wenn Sie hereinkommen, würde ich bitten, das Gespräch in meinem Büro fortzusetzen. Es muss nicht jeder wissen, was bei mir privat so los ist.«

»Sicher«, stimmte Evert zu. »Unsere Frage bezieht sich auf Ihren Nachbarn Herrn Geert Lüpsen.«

»Flaschen-Geert?«, fragte Herr Wittmars.

»Ja, genau der.«

»Was ist mit ihm?«

»Er ist tot«, sagte Evert.

»Das ist ja was«, meinte Herr Wittmars. »Ist das auch ein Fall für Sie?«

»Das klären wir noch«, sagte Evert diplomatisch. »Kannten Sie ihn?«

»Sehr flüchtig, weil er immer wieder über mein Grundstück lief, obwohl er das nicht sollte«, sagte Herr Wittmars. »Habe ich ihm auch gesagt. Aber der Gossel hat ihm ja immer alles durchgehen lassen.«

»Sie verstanden sich nicht gut mit ihm?«, fragte Wiebke.

»Nicht so schlecht, dass ich ihn umbringe«, meinte Sebastian Wittmars. »Aber ehrlich, ich mochte ihn nicht. Es ist schlecht fürs Geschäft, wenn er ungewaschen zwischen den Autos herumtigert und die Leute anschnorrt. Darum habe ich ihm verboten, hier herumzulaufen, aber geholfen hat's nicht immer.«

»Kannte er Ihren Vater?«, fragte Evert.

»Meinen Vater?«, gab Sebastian Wittmars zurück. »Nein, keine Ahnung. Wieso das?«

»Weil wir klären wollen, ob zwischen den Todesfällen ein Zusammenhang existiert.«

»Ich wüsste keinen«, sagte Herr Wittmars.

»Haben Sie Herrn Lüpsen gestern Abend noch gesehen?«, fragte Evert.

»Nee, da bin ich direkt nach Hause gefahren, so gegen sieben, acht. Da lief er hier nicht rum. Bin ich auch froh drum, ich habe ihn mal hier besoffen zwischen meinen Autos entdeckt, und das ist kein Anblick für den Abend.«

»Er hat getrunken?«, fragte Evert.

»Na, er war auf irgendwas drauf«, meinte Herr Wittmars.
»Wahrscheinlich war es Alkohol. Ich weiß es aber nicht.«

»Gut, das wäre auch schon alles«, sagte Evert.

Sie verabschiedeten sich von Herrn Wittmars und gingen zurück zum Auto.

Nachdem er sicher war, dass es dem Hund gut ging, schloss Evert die Box und den Kofferraum und setzte sich neben seine Kollegin.

Wiebke startete den Wagen und fuhr los.

Kapitel 7

Wiebke und Evert brauchten gut vierzig Minuten für die knapp dreißig Kilometer. Evert wusste, dass man in Ostfriesland Entfernungen nicht gut in den zu fahrenden Kilometern bemessen konnte. Je nachdem, ob ein Dorf oder Ort an einer größeren Straße lag oder nicht, verlängerte sich die Fahrtzeit manchmal erheblich. Unterwegs erkundigte sich Evert beim Einwohnermeldeamt, ob Altje Niehuus tatsächlich noch in Cirkwehrum lebte. Dort konnte man ihm aber keine Antwort geben, weil mehrere Mitarbeiter sich krankgemeldet hätten und man Wichtigeres zu tun habe. Man würde sich aber bei ihm melden. Er seufzte und legte auf. Wiebke bog in diesem Moment von der Cirkwehrumer Straße in den Cirkwehrumer Ring ein, der offenbar einmal um das kleine Dorf herumlief.

Jetzt sind wir fast da, dann ist es auch egal, dachte Evert.

Die wenigen Häuser ordneten sich mehr oder weniger um eine Kirche herum an. Evert schätzte, dass das ganze Dorf keine zweihundert Einwohner hatte.

Sie fuhren in die Einfahrt eines rot verklinkerten Einfamilienhauses. Von dort aus konnte man eine Frau sehen, die im großzügigen Wintergarten des Gebäudes dabei war, Blumen umzutopfen. Sie sah mit gerunzelter Stirn zu den beiden Ermittlern, die aus dem Wagen ausstiegen.

Evert ließ seinen Hund aus dem Kofferraum.

Die Frau zog ihre Handschuhe aus und öffnete die Seitentür des Wintergartens.

»Moin«, sagte sie in einem fragenden Tonfall, der deutlich machte, dass sie wissen wollte, was sie hier zu suchen hatten. In der Hand trug sie, beinahe wie eine Waffe, noch immer die Handschaufel.

»Moin, wir sind von der Kripo Aurich«, sagte Evert und zückte seinen Dienstausweis. Er reichte ihn der Frau. »Das ist meine Kollegin Kriminalkommissarin Wiebke Jacobs und ich bin Kriminalkommissar Evert Brookmer. Wir suchen Frau Altje Niehuus.«

»Dann haben Sie die auch gefunden«, gab die Frau zurück. Sie sah sich den Ausweis und drehte ihn einmal um, schien dann zufrieden zu sein und reichte ihn Evert. »Was wollen Sie von mir?«

»Frau Niehuus, kennen Sie Geert Lüpsen?«, fragte Evert.

»Er ist mein Bruder«, sagte sie. »Was ist passiert? Sagen Sie nicht, dass ihm was passiert ist!«

»Es tut mir sehr leid, aber ich muss Ihnen mitteilen«, begann Evert zu sagen, doch Frau Niehuus unterbrach ihn.

»Nein«, sagte sie und ihr fiel die kleine Gartenschaufel herunter. »Nein.«

»Ihr Bruder wurde heute Morgen tot aufgefunden«, fuhr Evert fort. Die Worte mussten ausgesprochen werden, da führte seiner Meinung nach kein Weg dran vorbei. Erst durch das Aussprechen wurden sie gewissermaßen Wirklichkeit für die Angehörigen, und auch wenn es jetzt schmerzhaft war, gab es doch keine Alternative. Ihr Bruder war tot und sie würde sich damit auseinandersetzen müssen.

Evert bereitete es keine Freude, doch um den Tod aufzuklären, brauchten sie die Hilfe von Menschen, die den Toten gekannt hatten. Dafür mussten die sich der Realität stellen, dass ein für sie geliebter Mensch nun unwiederbringlich tot war.

»Sie haben unser Beileid«, sagte Evert. »Das ist offensichtlich ein schwerer Schock für Sie.«

»Tot«, murmelte Altje Niehuus lediglich. »Oh, Geert. Was hat er angestellt?«

»Er hat nichts angestellt«, sagte Wiebke. »Wir nehmen eher an, dass er ein Opfer von jemandem wurde.«

»Wäre es möglich, dass wir uns drinnen ein wenig unterhalten?«, fragte Evert. »Wir hätten eine Reihe von Fragen.« Ihm war aufgefallen, dass im Nachbarhaus jemand stand und zu ihnen herübersah. Er wusste nicht, wie neugierig die hiesige Nachbarschaft war, doch wollte er Frau Niehuus die Gelegenheit geben, selbst zu entscheiden, welche Informationen im Dorf bekannt sein sollten und welche nicht.

»Ja, kommen Sie«, sagte sie und beugte sich herunter, um die Schaufel aufzuheben. Fiete ging in dem Moment ein paar Schritte auf sie zu und hechelte, was aussah, als ob er lächelte. Er sah sich den Griff der Schaufel genau an. Dann sah er zu der Frau, die in ihrer Bewegung innegehalten hatte. Er nahm den Schaufelgriff vorsichtig ins Maul und hob ihn Frau Niehuus hinhaltend hoch. Frau Niehuus schluckte schwer. Sie blieb in der Hocke und fragte Evert: »Kann man den Hund streicheln?«

»Grundsätzlich ja, er ist sehr verschmust«, sagte er.

Sie strich dem Hund über den Kopf. »Und sehr weich«, meinte sie, nahm die Schaufel dem Hund aus dem Maul und kam aus der Hocke hoch. Dann ging sie durch die Tür in den Wintergarten. Die Ermittler folgten ihr.

»Setzten wir uns hierhin«, sagte sie und deutete auf eine Gruppe aus Holzstühlen, die um einen alten runden Tisch angeordnet waren. Der abgenutzte Kiefertisch hatte einige Schrammen.

»Kann mein Hund mit herein?«, fragte Evert.

»Sicher«, sagte Altje Niehuus und lächelte, als sie zu dem Hund sah. Es war nur kurz, doch Evert bemerkte es dennoch. Irgendetwas an dem Hund schien sie zu beruhigen.

Evert und Wiebke setzten sich gegenüber von Frau Niehuus.

»Ihr Bruder wohnte im Gewerbegebiet Sandhorst in einem Wohnwagen«, sagte Wiebke. »War Ihnen das bewusst?«

»Ja, da wohnte er, seit er von der Straße herunter war«, meinte Altje Niehuus. »Das ist schon eine Weile her. Wie ist er gestorben? Sie sind von der Kripo, also … Wie hat man ihn … ermordet?« Sie flüsterte das Wort beinahe.

»Wir warten noch auf den Bericht des Gerichtsmediziners«, sagte Evert. »Es sieht aber so aus, als hätte man versucht, seinen Tod als Unfall darzustellen. Das Gas war aufgedreht und er roch stark nach Alkohol.«

»Also wollte man es aussehen lassen, als hätte er sich erstickt, weil er zu besoffen war?«, meinte Frau Niehuus. »Das geht nicht.«

»Wieso geht das nicht?«, fragte Wiebke und runzelte die Stirn.

»Weil er keinen Alkohol mehr trinkt! Seit er von der Straße ist, hat er nicht mehr getrunken«, erklärte die Frau mit einer Vehemenz, die Evert überraschte.

»Sind Sie da sicher?«, fragte er.

»Absolut!«, gab sie zurück. »Ich kenne meinen Bruder, und er hat sein Wort immer gehalten! Sie mögen denken, dass er nur ein Penner war, der sein Leben nicht im Griff hatte, aber das stimmt nicht!«

»Das denken wir auch nicht«, gab Evert ruhig zurück. »Wir wollen aufklären, wie es zu seinem Tod gekommen ist, und es ist uns herzlich egal, wie jemand sein Leben verbracht hat. Uns interessiert es lediglich, einen möglichen Mord aufzuklären.«

»Gut«, sagte Frau Niehuus etwas abweisend und atmete durch. »Gut. Manche … reden nicht nett über ihn, weil er so lebte, wie er lebte. Er hatte es nicht immer leicht.«

»Führen Sie bitte erstmal aus, wieso Sie so sicher sind, dass ihr Bruder keinen Alkohol getrunken hat«, bat Evert.

»Weil er es mir versprochen hat«, gab sie zurück. »Das war, als er den Wohnwagen gekauft hat. Ich habe ihn da besucht. Er konnte ja nicht gut hier raus zu uns kommen, also haben wir uns oft in Aurich getroffen. Ich habe ihm mein altes Fahrrad verkauft und damit ist er dann in die Altstadt gefahren. Ich hätte es ihm geschenkt, aber das wollte er nicht. Tja, und früher hatten wir immer nur eine Regel: Kein Alkohol, wenn er mich oder seine beiden Nichten trifft. Geert war manchmal total dicht, als er auf der Straße lebte, und das gefiel weder ihm noch mir. Also verkündete er mir in seinem neu gekauften Wohnwagen, dass er zu dem Zeitpunkt schon mehr als ein Jahr gar nichts mehr getrunken hatte. Er meinte, dass es ihm guttun würde und dass er darum auch nie wieder einen Tropfen trinken wollte.«

»Hat er das durchgehalten?«, fragte Wiebke.

»Soweit ich weiß, ja«, sagte sie. »Er hatte es nicht leicht, aber es wurde immer besser. Es ging bergauf. Jetzt ist er tot.« Tränen liefen ihre Wangen herunter.

Fiete, der zunächst neben Evert gestanden hatte und, da er nicht an der Leine war, dann Schritt für Schritt zu den eingepflanzten Blumen gegangen war, sah nun zu der weinenden Frau. Er warf einen Blick zu Evert und ging dann zu ihr. Der schwarze Labrador Retriever schmiegte sich an das Bein der Frau und legte seinen großen Kopf auf ihr linkes Knie.

Frau Niehuus schnäuzte sich in diesem Augenblick. Als sie den Hund entdeckte, huschte wieder das Lächeln über ihr nun verweintes Gesicht. Sie schnäuzte sich erneut und kraulte dann den Hund.

»Mögen Sie Hunde?«, fragte Evert.

»Ja, aber diesen besonders«, gab sie zurück. »Er erinnert mich an Balu, so hieß unser Labrador Retriever, als wir Kinder waren. Mein Bruder und ich haben immer mit ihm gespielt. Er ist neunzehn Jahre alt geworden und war am Ende fast schneeweiß um die Schnauze. Außerdem hatte er kleine, kahle Stellen im Fell. Er war ein so liebenswerter Hund.«

»Sie sagten, Ihr Bruder hatte es nicht leicht«, nahm Evert den Faden wieder auf. »Können Sie das etwas mehr ausführen?«

»Sicherlich«, sagte Frau Niehuus. »Also, Geert und ich sind beide aus Emden, und unsere Eltern sind dann mit uns nach Aurich gezogen, als wir klein waren. Es schmerzt mich, dass ihn alle immer nur als den Flaschen-Geert kannten. Ich hasse diesen Namen. Nur der Herr Gossel, der war sehr nett zu ihm. Der Wohnwagen in Sandhorst war wirklich schön, und ich bin Herrn Gossel sehr dankbar, dass er ihn da hat wohnen lassen. Mein Bruder ist immer sehr enthusiastisch gewesen, wenn er eine neue Unternehmung begann. Früher hatte er sogar viele Jahre einen Segelbedarfsladen in Norden, den er mit einem Schulfreund zusammen betrieb. Das ging viele Jahre lang gut, und dann hat er ihn vor vielleicht zehn Jahren verloren. So kam er dann auch auf die Straße. Erst war der Laden insolvent, und dann hat er sein Haus und alles darin verkauft und einfach entschieden, auf der Straße zu leben.« Sie schüttelte den Kopf. »Ich habe ja versucht, ihn von da wegzuholen! Ich habe ihm angeboten, hier zu wohnen und ihm Arbeit zu beschaffen, aber er war damals nicht daran interessiert.«

»Wodurch verlor er seinen Laden?«, fragte Evert. Ihm war aufgefallen, dass dieser Punkt in der Erzählung irgendwie übersprungen worden war. Ein Geschäft ging normalerweise nicht so einfach insolvent, sodass der Betreiber gleich auf der Straße landete. Da musste etwas vorgefallen sein.

»Na ja«, meinte Altje Niehuus gedehnt und strich dem Hund über den Kopf. »Also, der Geert hatte schon länger ein Problem, was Sucht anging.«

»Das hieß konkret?«, bat Evert sie weiterzusprechen.

»Also, früher hat er ein Problem mit Glücksspiel gehabt«, sagte sie. »Er hat eine Menge Schulden gemacht deswegen, weil er Geld für legales und weniger legales Glücksspiel brauchte. Als er dann auf der Straße war, hat er mit dem Alkohol angefangen. Das war wohl so eine Suchtverlagerung, weil er das Glücksspiel nicht mehr bekommen konnte.«

»Das heißt, er hat sein Geld verspielt und damit letztlich seinen Laden verloren«, sagte Evert.

»Ja, sein Partner war ziemlich wütend, als das rauskam«, sagte sie. »Wir wussten, dass er da Schwierigkeiten hatte, und Geert war lange nicht mehr in den Spielhallen hier in der Gegend. Das haben wir alles kontrolliert. Aber er hat das Online-Pokern für sich entdeckt, und das haben wir dann sehr spät gemerkt. Den Rest seines Geldes verlor er allerdings bei nicht legalem Glücksspiel.«

»Illegales Glücksspiel?«, fragte Wiebke. »Wissen Sie, wo?«

»Also, ich war nie selbst da«, sagte Frau Niehuus. »Aber als das mit seinem Laden damals den Bach runterging, war er wohl oft im Schreyers Hof. Nicht Hoek, ist ein Spiel mit dem Namen.«

»Verstehe«, sagte Evert. Schreyers Hoek nannte man in Emden die Landzunge zwischen Ratsdelft und Falderndelft, das wusste Evert.

»Die Kneipe war damals der Ort, wo Geert und ein paar Freunde sich immer abends trafen, und mein Bruder hat da wohl viel verspielt«, sagte sie. »Das ist jetzt alles zehn Jahre her. Damals kam es alles zusammen: Erst entdeckten wir, dass der Geert Onlinepoker spielte und viele Schulden hatte und Geld vom Laden veruntreute, und als ich dachte, das wird nicht mehr schlimmer, gestand er mir, dass er Schulden bei Leuten von dieser illegalen Pokerrunde hatte.«

»Wie regelte er das?«, fragte Evert.

»Der Laden ging pleite, Geert verkaufte alles, was er hatte, und lebte dann auf der Straße«, sagte sie. »Ich weiß nicht, ob das die Leute zufriedenstellte, bei denen er Schulden hatte. Ich glaube, er lief mit dem Leben auf der Straße einfach vor allem davon. Geert lebte dann einige Zeit in Bremen auf der Straße, bevor er wieder nach Aurich kam. Vielleicht hat er auch gehofft, dass Gras über die Sache gewachsen ist? Ich weiß nicht, ob … ob er noch Schulden bei diesen Leuten hatte. Meinen Sie, die haben ihn getötet?«

»Zum jetzigen Zeitpunkt sind das alles Spekulationen«, sagte Evert. »Aber wir gehen dem nach. Sie erwähnten einen Partner, mit dem Geert Lüpsen den Segelbedarfsladen betrieb. Kennen Sie den Namen des Mannes?«

»Deik Ahlrichs«, sagte sie nach einem Moment, in dem sie nachdenklich das Fell von Fiete kraulte. »Aber ich kann Ihnen nicht sagen, was aus dem Mann wurde. Er war ein Freund meines Bruders und schwer wütend, als der Laden pleiteging. Danach habe ich von meinem Bruder nichts mehr über Herrn Ahlrichs gehört.«

»Verstehe«, meinte Evert. »Kennen Sie einen Herrn Christian Wittmars?«

»Nein, das sagt mir nichts«, erwiderte sie nach ein paar Sekunden, die sie nachzudenken schien. »Den hat Geert, glaube ich, nie erwähnt. Ist er verdächtig?«

»Im Gegenteil«, sagte Evert. »Der Mann ist ebenfalls tot. Allerdings ist noch unklar, ob es einen Zusammenhang mit dem Todesfall Ihres Bruders gibt.«

»Ah, okay«, meinte Altje Niehuus.

»Wo waren Sie gestern Abend?«, fragte Evert.

»Zuhause, allein. Mein Mann war auf einer Fortbildung und ist erst um zwei Uhr in der Nacht zurückgekommen, weil er in Bremen im Stau stand.«

Evert reichte ihr seine Karte. »Melden Sie sich bei uns, wenn Ihnen noch etwas einfällt. Wir bräuchten auch eine Kontaktnummer von Ihnen, sollten sich Nachfragen ergeben.«

Frau Niehuus diktierte ihnen eine Telefonnummer.

»Unter meiner Handynummer erreichen sie mich jederzeit«, sagte sie. Ein Ruck ging durch sie. Sie sah auf ihre Armbanduhr.

»Haben Sie noch einen Termin?«, fragte Wiebke.

»Ja, mein Mann war beim Physiotherapeuten und ich muss ihn eigentlich abholen«, sagte sie. »Er hat eine neue Hüfte bekommen.«

»Wir sind hier auch erstmal fertig«, sagte Evert und stand auf.

Sie verabschiedeten sich von Frau Niehuus. Diese kraulte noch einmal den Labrador Retriever, bevor Fiete seinem Herrchen und Wiebke aus dem Wintergarten zurück in den Garten und zum Auto folgte.

»Ich würde vorschlagen, wir fahren mal nach Emden und sehen uns diese Kneipe an«, meinte Evert. »Vielleicht hat Herrn Lüpsens Vergangenheit ihn ja doch eingeholt.«

Wiebke nickte. »Einen Versuch ist es wert. Vielleicht ist ja schon jemand da.«

*

Wiebke und Evert fuhren in Richtung Emden. Evert sah hinaus auf die grünen Wiesen. Im Hintergrund stand eine Reihe von Windkraftanlagen. Er ging in Gedanken noch einmal durch, was sie über Christian Wittmars wussten. Hing dessen Tod wirklich mit dem Tod von Geert Lüpsen zusammen?

Wiebkes Telefon klingelte und sie stellte den Anruf auf die Freisprechanlage. »Jacobs, Kriminalpolizei Aurich«, meldete sie sich.

»Hier ist Dr. Elias«, erklang die Stimme des Gerichtsmediziners. »Ich bin mit leichter Verzögerung am Tatort eingetroffen und habe eine erste Leichenschau vorgenommen.«

»Ich habe Sie auf die Freisprechanlage gestellt, wir fahren gerade zu einer Befragung. Mein Kollege kann Sie auch hören.«

»Guten Tag, Herr Dr. Brookmer«, sagte Dr. Elias. »Also, der Tote ist zwar erstickt, aber sicherlich nicht durch das Propangas.«

»Da sind Sie sicher?«, fragte Evert.

»Ja, ich bin sozusagen absolut sicher«, erklärte der Gerichtsmediziner. »Der Tote weist subkutane Verfärbungen auf, die nahelegen, dass er erwürgt wurde. Die Prellungen an seinem Oberkörper könnten dafür sprechen, dass man ihn niederdrückte, möglicherweise mit dem Knie auf seiner Brust, während gleichzeitig sein Hals zugedrückt wurde.«

»Gibt es weitere Spuren am Toten, die uns weiterhelfen können?«, fragte Evert.

»Eine umfassende Untersuchung wird gegebenenfalls mehr ans Licht bringen. Ein Schnelltest des Blutes legt aber nahe, dass er nicht alkoholisiert war und es sich bei dem Alkohol auf dem Opfer um einen Teil eines elaborierten Vertuschungsmanövers handeln könnte.«

»Können Sie den Todeszeitpunkt eingrenzen?«, fragte Wiebke.

»Wenn ich sozusagen eine Schätzung abgeben sollte, würde ich gestern Abend annehmen. Wir reden von acht, neun Uhr. Da es im vom Tag aufgeheizten Wohnwagen recht warm war, ist dies nicht einfach zu beurteilen.«

»Sehen Sie irgendeinen Zusammenhang mit dem toten Christian Wittmars?«, fragte Evert.

»Bisher nicht, aber ich denke, derartige Zusammenhänge zu identifizieren fällt auch eher in Ihren Ermittlungsbereich. Ich werde diesbezüglich aber den Toten sehr genau untersuchen. Meine Assistentin und ich haben die Leiche nun in unserem Fahrzeug verstaut und machen uns auf nach Oldenburg. Ich melde mich, sobald ich nähere Angaben machen kann.«

Sie verabschiedeten sich von ihm und legten auf.

Kapitel 8

Klaas Behrends schob sich seine Dienstmütze ein wenig in den Nacken. Er betrat den Supermarkt im Süden des Gewerbegebiets Sandhorst.

»Moin«, sagte er zu dem jungen Mann am Infoschalter neben dem Eingang. Er und eine ältere Frau an der Kasse waren die einzigen beiden Mitarbeiter, die gerade zu sehen waren.

»Moin«, kam es zurück. »Was kann ich für die Polizei tun?«

»Klaas Behrends ist mein Name«, stellte sich Klaas vor und sah auf dem Namensschild seines Gegenübers, dass er Heiko Buntjer hieß. »Herr Buntjer, kennen Sie diesen Mann?«

Er zeigte ihm ein Foto von Geert Lüpsen, das allerdings von einem Foto abfotografiert war, das Klaas in den Habseligkeiten von Geert Lüpsen gefunden hatte.

»Ja sicher, das ist Flaschen-Geert«, sagte Heiko Buntjer. »Da ist er aber noch jünger. Den kenn ich.«

»War er regelmäßig Kunde bei Ihnen?«

»Jo, der kam immer her und hatte manchmal einen Rucksack, den er bei mir hier vorne abgegeben hat. Eigentlich soll man keine großen Rucksäcke mit reinnehmen, und er wollte immer kein Geld für das Schließfach am Eingang des Marktes ausgeben, dabei bekommt man das Geld ja hinterher wieder aus dem Schloss heraus. Ich denke ja, er hatte einfach die Münzen nicht übrig. Na ja, dann hab ich den Rucksack genommen. Was ist denn mit ihm?«

»Er ist leider tot«, antwortete Klaas.

»Oh, nein. Der Arme, wie kommt das?«

»Das versuchen wir zu klären.« Klaas wollte nicht zu sehr auf das eingehen, was sie schon wussten. »Haben Sie sich gut mit Herrn Lüpsen verstanden?«

»So hieß er mit Nachnamen?«, meinte Herr Buntjer. »Ich kenne ihn nur als Geert. Na ja, der Geert müffelte, aber er hielt sich an die Regeln und bezahlte. Mehr muss ich nicht über meine Kunden wissen. Mir doch egal, woran er glaubte

110

und was er für ein Leben wählte. Das hier ist ein Laden, kein Philosophieseminar. Wenn Sie als Kunde hier reinkommen und mir das bezahlen, was ich für meine Ware haben will, können wir zusammen auskommen. Wenn sie sich nicht benehmen, werf ich die Leute halt raus. Geert hat sich benommen, und das zählte, da konnte ich seinen Rucksack auch mal hinter die Kasse nehmen und im Auge behalten.«

»Klingt bei Ihnen aber nicht ganz so sehr nach ›Der Kunde ist König‹, oder?«, meinte Klaas.

»Doch, aber Könige wissen sich zu benehmen wie Könige«, meinte Herr Buntjer. »Geert wusste sich zu benehmen. Er war ein netter Kerl.«

»Haben Sie auch mal mit ihm über Privates gesprochen?«, fragte Klaas.

»Nur so ein bisschen. Gestern war er richtig gut gelaunt. Ich kann gar nicht verstehen, dass er jetzt tot ist. Ist er mit einem anderen Penner aneinandergeraten?«

»Gäbe es da jemanden?«, fragte Klaas.

»Ja, das ist so ein Kerl, der seit einiger Zeit in Aurich lebt, am Kanal. Der kommt eigentlich aus Bremen, ist aber jetzt während des Sommers wohl hier. Man kann sagen, der macht Urlaub.«

»Urlaub?«, echote Klaas.

»Ja, sagte Geert so.« Heiko Buntjer zuckte mit den Schultern. »Steckt man ja nicht drin.«

»Nee«, stimmte Klaas zu.

»Aber mit diesem Kerl gab es wohl mehrmals Ärger. Der war der Meinung, Geert sollte in Aurich keine Flaschen suchen. Das sei jetzt sein Revier und Geert sollte sich ein neues suchen.« Er hob die Finger, um Anführungszeichen in der Luft zu zeigen, während er »sein Revier« sagte. »Hat sich mit Geert mal geprügelt.«

»Wissen Sie einen Namen?«, fragte Klaas.

»Nur, dass Geert ihn Albert nannte. Ob das ein Vorname oder Nachname ist, weiß ich nicht.«

»Sie sagten, Geert Lüpsen sei gestern sehr gut gelaunt gewesen, als Sie ihn das letzte Mal sahen. Das war gestern wann ungefähr?«

»So am frühen Nachmittag, so gegen zwei vielleicht?«, meinte Heiko Buntjer. »Der war wirklich gut gelaunt und ich habe ihn gefragt, was los ist. Ich dachte, er hat sein Fahrrad repariert. Das war nämlich kaputt. Ich habe den Verdacht, dass ihm der Albert das kaputtgemacht hat, denn Geert konnte ohne Fahrrad nicht so gut aus dem Gewerbegebiet nach Aurich fahren, das ist echt weit zu laufen.«

»Was hat Herr Lüpsen Ihnen erzählt?«, fragte Klaas.

»Nichts Konkretes, das Ihnen hilft, fürchte ich«, gab der Mann zurück. »Er sagte nur, er habe eine Goldgrube gefunden.«

»Eine Goldgrube?«, versicherte sich Klaas. »Das waren seine Worte?«

»Ja, genau so hat er es genannt. Ich habe gefragt, was er meint, und er sagte nur, das könne er nicht sagen, und machte eine Geste vor seinem Mund, als würde er einen Reißverschluss zuziehen. Dann ging er in den Laden und kaufte ein. Ich habe nicht nochmal nachgefragt, als ich dann kassiert habe. Das hatte ich nicht erwähnt, oder? Ich saß an der Kasse, nicht hier an der Info.«

»Hatten sie nicht, aber trotzdem vielen Dank für die Infos«, meinte Klaas. Er nahm sich vor, diesen Albert in Aurich ausfindig zu machen.

*

Wiebke parkte an der Faldernstraße in Emden. Nachdem Evert seinen Hund aus dem Auto gelassen hatte, folgte er seiner Kollegin die Straße Westerbutvenne am Ratsdelft entlang. Ein Delft meinte eigentlich nur, dass hier gegraben worden war. Früher hatten im Ratsdelft im Jahr Hunderte Schiffe angelegt, heute waren es lediglich eine Handvoll Museumsschiffe.

Sie bogen in die Olivenstraße ab, die einmal über die Landzunge Schreyers Hoek führte, die zwischen dem Rats- und dem Falderndelft lag.

Hier in einem alten rot verklinkerten Gebäude, das ein wenig an ein ehemaliges Lagerhaus erinnerte, lag der Schreyers Hof. Ein verschnörkeltes Schild über dem Eingang zeigte ihnen, wohin sie mussten.

Evert versuchte die Tür zu öffnen, doch sie war abgeschlossen.

»Noch zu früh«, meinte Wiebke und tippte auf ein Schild mit Öffnungszeiten in einem der Fenster.

»Das wollen wir doch mal sehen«, erwiderte Evert und sah durch das Fenster der Kneipe hinein. Er konnte erkennen, dass dort jemand herumlief. Die Fenster hatten leicht gebogene, gelbliche Scheiben. Sie verzerrten das Innere. Evert klopfte an die Scheibe und drückte seinen Dienstausweis dagegen. »Moin«, rief er. »Können Sie mich hören?« Im Inneren sah er eine Bewegung. »Hier ist die Polizei«, rief er, diesmal lauter.

»Wir haben geschlossen«, rief jemand aus dem Inneren zurück. »Verzieht euch!«

»Polizei, wir würden gerne mit Ihnen sprechen«, sagte Evert und klopfte nochmal.

Jetzt war zu sehen, wie sich jemand der Tür näherte, und man konnte hören, wie sich ein Schlüssel im Türschloss drehte. Es klackte, als das Schloss geöffnet wurde. Die Tür wurde aufgezogen. Eine breitschultrige Frau mit kurzen blonden Haaren sah ihn entnervt an.

»Wat wullt du?«, blaffte sie. »Es ist geschlossen, sag ich!«

»Das ist es, aber wir müssen trotzdem mit Ihnen sprechen«, sagte Evert und hielt ihr seinen Dienstausweis vor die Nase. »Mein Name ist Evert Brookmer, das ist meine Kollegin Wiebke Jacobs. Wir sind Kriminalkommissare und ermitteln in einem Mordfall.«

Die Frau hob die Augenbrauen. »Und das betrifft mich?«, fragte sie.

»Tut es, weil wir ein paar Fragen haben«, sagte Evert. »Sie sind die Betreiberin?«

»Bin ich, seit mein Mann tot ist.«

»Gut, wir können Ihnen entweder jetzt einige Fragen stellen oder aber wir zitieren Sie auf die Polizeiwache Aurich zur Befragung«, sagte Evert. »Was halten Sie also davon, wenn wir jetzt kurz miteinander sprechen?«

Die Frau seufzte. »Also gut, raus damit, was wollen Sie wissen?«

»Fangen wir einmal kurz mit Ihrem Namen an«, bat Wiebke.

»Frauke Hinrichs«, sagte sie. »Der Schreyers Hof ist nicht in irgendwelche Geschäfte verwickelt, die die Polizei was angehen.«

Evert hob die Augenbrauen, sagte aber nichts dazu, sondern fragte: »Sie betreiben die Kneipe schon länger?«

»Seit zwanzig Jahren«, sagte sie. »Hat früher meinem Mann gehört, der war fast zehn Jahre älter als ich. Als ich ihn geheiratet habe, habe ich den Hof mitgeheiratet, und seit mein Mann tot ist, ist er meiner. Wieso?«

»Wir versuchen etwas über einen ehemaligen Kunden von Ihnen zu erfahren«, sagte Evert. »Geert Lüpsen.«

»Geert Lüpsen? Sagt mir nix.«

Er zog sein Telefon heraus und zeigte ihr ein Foto von Herrn Lüpsen. Das war nicht vom Toten, sondern von seinem Personalausweis abfotografiert, und zeigte einen deutlich jüngeren Herrn Lüpsen.

»Ach so, doch, den Geert kenn ich«, sagte Frauke Hinrichs. »Aber wenn Sie den suchen, kann ich Ihnen nicht helfen. Der war Jahre nicht mehr hier. Ich habe ihn mal in Leer getroffen, sah übel aus. Ich glaube, er lebt jetzt auf der Straße. Hier braucht er sich nicht mehr blicken zu lassen.«

»Wann haben Sie ihn das letzte Mal gesehen?«, fragte Wiebke.

»Das ist zwei, vielleicht drei Jahre her. Er war da mit'm Fahrrad und sammelte Flaschen in der Altstadt.«

»Wieso, sagen Sie, darf er sich hier nicht mehr blicken lassen?«, fragte Evert.

»Weil er noch Schulden hat«, sagte sie. »Er hat hier bei meinem Mann anschreiben lassen und bis heute nicht bezahlt. Ich vergesse nichts, steht im Buch meines Mannes. In dem stehen alle, die hier mal anschreiben durften. Geert ging pleite, ist zehn Jahre her, und hatte es schwer. Mein Mann hat ihn immer wieder anschreiben lassen, weil er ein guter Kunde war. Mein Mann war ein großzügiger Mann. Der Gute ist vor neun Jahren gestorben, ich weiß, dass Geert seitdem nicht mehr hier war.«

»Wir haben gehört, dass er früher hier Poker um Geld gespielt hat«, sagte Evert.

»Ach, sagt man das?«

»Ja, ist das wahr?«

»Ich sag mal so«, gab sie zurück. »Mehr als Hörensagen haben Sie ja wohl nicht.«

»Das ist keine Antwort«, sagte Evert.

»Sie wissen, dass es in Deutschland ein Glücksspielmonopol gibt«, sagte Wiebke. »Wer dagegen verstößt, muss mit empfindlichen Strafen rechnen.«

»Allerdings interessiert uns das in diesem Fall nicht«, fügte Evert hinzu. »Wir sind ausschließlich an Geert Lüpsens Vergangenheit interessiert. Er ist nämlich tot.«

Die Haltung von Frauke Hinrichs veränderte sich. »Er ist tot? Dann sind Sie hier, weil man ihn ermordet hat?«

»Das ist richtig.«

»So ein Schiet«, meinte sie. »Da habe ich keine Ahnung. Also gut, sagen wir, hier fand Glücksspiel statt, dann ist das jetzt eh alles verjährt: Mein Mann hat hier öfter Pokerrunden veranstaltet, möglicherweise auch das ein oder andere Mal um Geld. Ich nicht mehr, also seit neun Jahren nicht. War mir immer zu gefährlich, da kann es Knast für geben.«

»Bei diesen Runden vor zehn Jahren war Herr Lüpsen?«, fragte Evert.

»Ja, hat auch mal richtig Geld verloren«, erinnerte sich Frauke Hinrichs. »Hat ihn und den Deik den Segelbedarfsladen gekostet, den die beiden zusammen in Norden hatten. Meiner Meinung nach sind sie beide arme Säue.«

»Seinen ehemaligen Kollegen Deik Ahlrichs kannten Sie auch?«, fragte Evert.

»Ja, der ist erst vor Kurzem mal wieder hier gewesen«, sagte sie. »Er hat sich auch nach Geert erkundigt. So wie Sie jetzt.« Sie kratzte sich am Kinn. »Ist schon ein Zufall«, fügte sie dann hinzu. »Wo ich so darüber nachdenke.«

»Wissen Sie, wo wir ihn finden können?«, fragte Evert.

»Nein, keine Ahnung«, gab sie zurück. »Er sagte, er sei nur mal wieder hier, um vorbeizuschauen, und hat sich erkundigt, wie es meinem Mann geht, und dann auch mal nach Geert gefragt. Deik war lange nicht hier, er wusste nicht, dass mein Mann tot ist. So lange ist das schon her …« Sie schüttelte den Kopf, als würde sie die Erinnerung loswerden wollen.

»Herr Lüpsen hatte doch sicher auch Schulden bei einem der Mitspieler der Pokerrunden. Wissen Sie, bei wem?«

»Tja, ich habe da nur bedient, nicht auf die Spiele geachtet«, sagte sie.

»Wir würden dennoch gerne wissen, wer daran teilgenommen hat«, bat Evert sie.

»Ich weiß es nicht mehr. Aber als Vorschlag zur Güte: Ich sehe in den alten Sachen meines Mannes nach. Der hatte ein Notizbuch, da standen die Adressen von vielen Gästen drin, und ich denke, er hatte auch eine Liste von den Gästen, die zu den Spielen eingeladen waren. In Ordnung?«

»Das wäre sehr hilfreich«, sagte Evert.

»Ich werde es sofort raussuchen und Ihnen dann schicken«, versprach sie. »Aber das kann etwas dauern. Ich habe nur eine ungefähre Idee, wo das Notizbuch meines Mannes gerade ist.«

»Haben Sie vielen Dank«, sagte Evert. »Gibt es eine Telefonnummer, unter der wir Sie für weitere Nachfragen erreichen könnten?«

»Wenn es sein muss, rufen Sie die Nummer der Kneipe an«, sagte sie. »Steht im Internet.«

»Haben Sie keine Mobiltelefonnummer, unter der man Sie direkt erreicht?«, fragte Wiebke.

»Schätzchen, ich bin immer hier«, gab Frauke Hinrichs zurück. »Wirklich immer. Gestern war es spät, ich will jetzt meine Ruhe. Sind wir fertig?«

»Sind wir«, sagte Evert. Sie hatten einige Informationen erhalten, und er nahm nicht an, dass sie noch mehr aus der Frau herausbekommen würden. Er reichte ihr seine Karte. »Hier steht unsere Mailadresse und unter der Telefonnummer können Sie sich jederzeit bei uns melden, wenn Ihnen noch etwas einfällt.«

»Aha«, machte Frauke Hinrichs. »War's das jetzt?«

»War es«, sagte Evert. Sie verabschiedeten sich von ihr und gingen zurück zum Auto, wobei Evert einen kleinen Umweg über den Fußweg den Delft entlang machte. Er wollte, dass Fiete ein paar Schritte mehr gehen konnte und zudem wollte er seine Gedanken ordnen.

»Deik Ahlrichs sollten wir ausfindig machen«, meinte Evert.

»Ebenso sollten wir eine umfassende Hintergrundrecherche zum Toten durchführen«, fügte Wiebke hinzu. »Du gehst von einem direkten Zusammenhang der beiden Morde aus?«

»Ich weiß es nicht«, meinte Evert ehrlich und sah auf den Emder Ratsdelft. »Aber unwahrscheinlich finde ich es schon, dass diese beiden Taten zufällig im gleichen Zeitraum passierten. Zwei Tote an zwei Tagen, das kann zusammenhängen.«

»Oder auch nicht«, meinte Wiebke. »Das finden wir heraus.«

Evert nickte.

Kapitel 9

Nachdem Evert und Wiebke zurück in Aurich waren, begannen sie sofort damit, mehr über Geert Lüpsen und seine Vergangenheit herauszufinden. Da sie einige Zeit mit den Fahrten nach Emden und zurück verbracht hatten, war es bereits fast Mittag. Polizeirat Abbo Tichels betrat das Büro der Kriminalpolizei.

»Moin, ihr beiden«, sagte Abbo und öffnete den Knopf seines Nadelstreifen-Jacketts, während er sich auf die Tischkante von Klaas' Schreibtisch setzte. Er sah erwartungsvoll zu Evert und Wiebke. »Mir wurde mitgeteilt, dass es einen zweiten Toten gab.«

»Das ist richtig«, sagte Evert. »Heute Morgen wurde Geert Lüpsen tot im Gewerbegebiet Sandhorst gefunden. Er lag in seinem Wohnwagen, in dem er dort mit Genehmigung von Johann Gossel wohnte. Jemand hat Herrn Lüpsen erwürgt und hinterher dessen Leiche mit aufgedrehtem Gashahn des Kochfeldes im Wohnwagen gelassen, um einen Unfall vorzutäuschen.«

»Gibt es einen Zusammenhang mit eurem bisherigen Fall?«, fragte Abbo und fuhr sich mit der Hand über seine Koteletten.

»Keinen offensichtlichen.« Evert räusperte sich. »Allerdings steht der Wohnwagen auf dem Nachbargrundstück der Gebrauchtwagenfirma von Christian Wittmars' Sohn.«

»Und seine Großmutter hatte eine Cousine, die sicher meine Cousine kannte«, meinte Abbo und zuckte mit den Schultern. »Das ist Ostfriesland, Evert. Hier kennt jeder jeden. Das klingt sehr dünn.«

»Das ist es«, musste der Ermittler zugeben.

»Wer ist in diesem Fall verdächtig?«

»Laut unseren Recherchen gibt es keine direkten Erben«, antwortete Wiebke. »Auch gibt es nichts zu erben. Herr Lüpsen ist pleite gewesen. Wir haben zwar fast dreihundert Euro bei ihm im Wohnwagen gefunden, doch er dürfte sonst über keine größeren Werte verfügt haben.«

»Ein Dieb hätte das Geld vermutlich mitgenommen«, meinte Abbo. »Also eher ein anderes Motiv?«

»Er hatte ein Glücksspielproblem«, sagte Evert. »Darum hat er vor beinahe zehn Jahren auch alles verloren: sein Haus und seinen Laden, den er zusammen mit einem Mann namens Deik Ahlrichs betrieben hat.«

»Hatte er heute noch Schwierigkeiten mit Glücksspiel?«, fragte Abbo.

»Nicht dass wir wissen. Er könnte natürlich online gespielt haben, aber Herr Lüpsen besaß unseres Wissens weder einen Laptop noch ein Telefon, mit dem er hätte Onlinepoker spielen können«, sagte Wiebke.

»Er hatte kein Telefon bei sich?«, meinte Abbo. »Ich meine, selbst Obdachlose benötigen das doch von Zeit zu Zeit, oder? Und der Mann hatte immerhin eine Bleibe.«

»Vielleicht hat er es auch bewusst vermieden, um nicht rückfällig zu werden«, spekulierte Evert.

»Oder es wurde entwendet«, meinte Abbo.

»Auch das ist möglich«, stimmte ihm Evert zu. »Sein ehemaliger Kollege, Deik Ahlrichs, ist übrigens im Zusammenhang mit diesem Fall ganz interessant.«

»Inwiefern?« Abbo hob neugierig die Augenbrauen.

»Deik Ahlrichs hat sich, wie wir von der Betreiberin des Schreyers Hof wissen, vor Kurzem nach seinem alten Partner erkundigt«, sagte Evert. »Und ich nehme an, dass er Herrn Lüpsen gerade jetzt suchte und nicht früher, könnte damit zu tun haben, dass Ahlrichs gerade erst aus dem Gefängnis gekommen ist.«

»Ach?«, fragte Abbo.

»Ahlrichs hat, nachdem die beiden mit dem Segelbedarfsladen gescheitert waren, auch nicht wieder richtig Fuß fassen können«, fasste Evert seinem Vorgesetzten zusammen. »Er war einige Zeit arbeitslos, lebte aber auf großem Fuß. Er ist für einen Bremer Schutzgelderpresser tätig gewesen und hat mehrfach schwere Körperverletzung begangen, für die er dann für die letzten vier Jahre ins

Gefängnis gekommen ist. Er ist wieder auf freiem Fuß und laut seiner Akte hat er im Gefängnis einen Alkoholentzug gemacht, der ihm sehr geholfen hat.«

»Seit wann ist er auf freiem Fuß?«, fragte Wiebke ihren Kollegen nun neugierig. Er war noch nicht dazu gekommen, ihr das alles zu Ende zu erzählen, bevor Abbo das Büro betreten hatte.

»Seit zwei Wochen«, sagte Evert. »Er war in Bremen im Gefängnis, aber seine momentane Wohnadresse ist in Aurich.«

»Das ist ein interessanter Zufall«, meinte Abbo. »Ihr solltet mal mit ihm reden.«

»Machen wir«, sagte Evert.

»Und steigert euch nicht zu sehr in die Theorie rein, dass das alles was mit Christian Wittmars zu tun haben muss«, riet Abbo. »Dieser Ahlrichs, das klingt nach einer alten Rechnung, die beglichen wurde.«

»Ja, vielleicht.« Evert nickte.

»Habt ihr auch einen vielversprechenden Ermittlungsansatz im Mordfall Wittmars?«, fragte Abbo und ging zur Tür des Büros, während er auf seine Armbanduhr sah.

»Nicht wirklich.« Evert seufzte. »Wir haben seine Söhne, die sehr viel Geld erben. Einer von ihnen hat ein finanzielles Interesse an diesem Erbe. Die Ex-Frau hätte bis vor einiger Zeit auch eine große Summe geerbt. Sie hat kein Alibi, die Söhne allerdings schon.«

»Ein weiterer Verdächtiger ist Görke Tjartel«, sagte Wiebke. »Er hegt einen persönlichen Groll gegen den Toten und dessen Verein. Ich habe ein wenig online über Herrn Wittmars recherchiert und jemanden mit dem Kürzel GT gefunden, der sehr viele böse Kommentare hinterlassen hat. Es liest sich, als habe da jemand viel Frust.«

»Wenn es sich dabei um Görke Tjartel handelt, bleibt trotzdem die Frage, wieso er Christian Wittmars nun endgültig umgebracht haben soll«, meinte Abbo. »Das ist die entscheidende Frage: Warum wollte der Mörder sein Opfer gerade jetzt töten? So wie das bei dir klingt, hatte der Mann schon eine Weile ziemlichen Frust.«

»Das stimmt«, sagte Wiebke. »Wir finden das heraus.«

»Werdet ihr sicher«, sagte Abbo. »Ich muss jetzt los. Ihr habt ja auch noch zu tun. Gebt mir Bescheid, wenn ihr mehr wisst. Ich muss nachher noch eine Pressemitteilung herausgeben, und wenn ihr mehr herausbekommt, kann ich die entsprechend anpassen.«

»Wir melden uns«, versprach Wiebke. Als Abbo das Büro verlassen hatte, sagte sie zu Evert: »Wollen wir mal mit Herrn Ahlrichs sprechen? Ich warte eh noch darauf, dass sich die Sozialarbeiterin von der Obdachlosenhilfe meldet, bei der Herrn Lüpsen mehrmals zu Beratungsgesprächen war. Ich denke aber nicht, dass es für sie Priorität besitzt, die Akte mit den Informationen herauszusuchen, die sie über ihn hat. Sie wirkte nicht motiviert.«

»Gut, Herr Ahlrichs arbeitet laut seinem Bewährungshelfer in Aurich in einer Eisdiele nahe der Altstadt«, sagte Evert.

»Dann sehen wir mal, was er zu sagen hat«, sagte Wiebke. Sie schnappte sich ihren Blazer, den sie über ihre Stuhllehne gehängt hatte. Evert stand auf und Fiete hob den Kopf.

»Gehen wir«, sagte Evert und sah dabei seinem Hund in die Augen. Fiete wedelte, während er vom Boden hochkam, sich streckte und zu seinem Herrchen lief. Gemeinsam mit Wiebke gingen sie hinunter zum Innenhof der Polizeiwache. Von dort überquerten sie an der Ampel den Fischteichweg und gingen den Georgswall entlang, diesmal allerdings nicht in die Richtung von Oma Tieskes Kiosk, sondern in die entgegengesetzte, und bogen in die Große Mühlenwallstraße, die an der Altstadt vorbeiführte, ein. Dieser folgten die drei ein wenig, bis sie zu einer kleinen Eisdiele mit vier Parkplätzen direkt vor dem Laden kamen.

Ein Mann im karierten, kurzärmeligen Hemd und mit dicker Brille grüßte sie, als er ihnen aus dem Laden entgegenkam. Er trug ein großes in Papier eingeschlagenes Tablett und verschwand in ein benachbartes Gebäude. Dem Schild neben der Tür nach war dort eine Versicherungsfirma beheimatet.

»So ein Eis wäre an einem warmen Tag wie diesem genau das Richtige«, meinte Evert.

»Wir können uns schlecht bei einer Vernehmung ein Eis vom Verdächtigen geben lassen«, meinte Wiebke.

»Man könnte behaupten, dass es nur um eine Zeitersparnis ging«, meinte Evert. »Sonst müssten wir uns ja nach der Vernehmung ein Eis kaufen und vergeuden damit Zeit.«

Wiebke lächelte. »Ich weiß nicht«, sagte sie. »Das ist irgendwie trotzdem unprofessionell.«

»Vielleicht ein wenig«, stimmte ihr Evert zu.

Sie betraten den Laden. Eine Frau saß mit einem ungefähr vierjährigen Mädchen nahe dem Eingang an einem Tisch. Das Mädchen bekam in diesem Moment einen großen Eisbecher, dessen Kugeln mit Schokolinsen so verziert waren, dass es aussah, als würde sie ein Gesicht anlächeln. Als Nase diente ein großer, langer Keks.

»Oh, schau mal, Mama«, sagte die Kleine. »Das kann ich doch nicht essen.«

»Wieso nicht?«, fragte ihre Mutter.

»Das sieht mich an.«

»Tja, dann wird es wohl ungegessen vor sich hinschmelzen«, meinte die Mutter.

»Das ist aber auch nicht gut«, sagte die Kleine und fügte im Brustton der Überzeugung hinzu: »Eis will doch gegessen werden, denke ich.«

»Das kann schon sein«, meinte die Mutter, die sich ihrem eigenen Becher widmete.

Der Mann, der Ihnen das Eis gebracht hatte, war Ende sechzig und hatte keinerlei Haare mehr auf dem Kopf. Selbst seine blonden Augenbrauen wirkten dünn und waren kaum erkennbar. Auf seinem kahlen Kopf waren deutlich dicke Adern zu sehen, die sich unter der Haut abzeichneten. Er trug eine schwarze Schürze mit dem Logo der Eisdiele auf der Brust und darunter ein weißes T-Shirt zu einer dunklen Hose.

»Moin«, grüßte er Wiebke und Evert, als sie eintraten. »Zum Mitnehmen oder wollen Sie sich setzen?«

»Wir suchen Deik Ahlrichs«, sagte Evert und zückte seinen Ausweis. »Sind Sie das?«

»Das bin ich«, gab der Mann zurück und runzelte die Stirn, als er Everts Ausweis las. Sein Blick ging zu der Mutter mit dem Kind.

»Wir hätten etwas mit Ihnen zu besprechen. Wollen wir uns dahinten hinsetzen?«, schlug Evert vor und nickte in Richtung des am weitesten vom Eingang entfernten Tisches. »Dann sehen Sie immer noch, wenn Kunden hereinkommen.«

»Gerne«, sagte Deik Ahlrichs. Evert merkte, dass der Mann nervös war, doch wusste er nicht, warum. Lag es an ihm und Wiebke und daran, dass er Sorge hatte, dass hier bei seiner Arbeit jemand erfahren konnte, was er in der Vergangenheit gemacht hatte? Oder gab es einen Zusammenhang mit einem der von ihnen untersuchten Mordfälle?

So oder so, Evert wollte dem Mann nicht sein neu aufgebautes Leben kaputtmachen. Er und Wiebke gingen zu dem Tisch und setzten sich. Fiete sah sich ein wenig um, setzte sich dann auch und legte seinen Kopf auf Everts Bein, damit der ihn ein wenig streicheln konnte.

»Ich bin heute allein im Laden und muss eben mit den beiden etwas Geschäftliches besprechen«, sagte Herr Ahlrichs zu der Frau. »Wenn Sie noch etwas brauchen, scheuen Sie sich nicht zu rufen. Ich bin trotzdem im Dienst.«

»Alles gut«, sagte die Frau und schenkte ihm ein Lächeln.

Dann kam Deik Ahlrichs zu den beiden Ermittlern und setzte sich ihnen gegenüber. Während Evert und Wiebke mit dem Rücken zur Tür saßen, konnte Herr Ahlrichs so neu hereinkommende Kunden sofort sehen.

»Wie Sie auf dem Ausweis sehen konnten, bin ich Evert Brookmer, und das ist meine Kollegin Wiebke Jacobs«, sagte Evert.

»Also, was wollen Sie von mir, Herr Brookmer?«, fragte er.
»Ich habe nichts gemacht, das die Kriminalpolizei
interessieren sollte.«

»Wir haben Sie auch bisher nicht beschuldigt«, sagte Evert.
»Wir wollen lediglich ein paar Fragen stellen. Kennen Sie
einen Mann Namens Geert Lüpsen?«

Deik Ahlrichs' Gesichtsausdruck veränderte sich und wurde
hart. »Ja, kenne ich«, sagte er. »Wieso?«

»Weil er tot ist«, sagte Evert.

»Wirklich?«, gab Deik Ahlrichs beinahe ungerührt zurück.

»Ja, er wurde heute Morgen tot aufgefunden«, sagte Evert.
»Die Spuren deuten darauf hin, dass es sich um einen Mord
handelt.«

»Und da kommen Sie zu mir«, meinte Deik Ahlrichs und
verschränkte die Arme vor der Brust. »Wieso?«

»Sie kannten den Toten und wir versuchen, etwas über sein
Umfeld zu erfahren«, sagte Evert. »Haben Sie nicht mal mit
ihm zusammen einen Laden betrieben?«

»Pah«, machte Deik Ahlrichs. »Das ist ein Jahrzehnt her!
Ein ganzes Jahrzehnt!«

Seine Stimme wurde lauter und er atmete tief ein, hielt kurz
die Luft an und ließ sie dann wieder heraus. »Das ist eine
Weile her«, sagte er dann und versuchte offensichtlich, sich
zu beruhigen.

»Woran scheiterte Ihr Laden damals?«, bat Evert den Mann,
seine Version der Geschichte zu erzählen.

»An Geert«, gab Ahlrichs zurück. »Nur an ihm. Der Laden
ging gut, wir haben sogar überlegt, einen zweiten Laden in
Wilhelmshaven aufzumachen. Aber Geert musste ja alles
kaputtmachen.«

»Erklären Sie das bitte etwas genauer«, bat Evert.

»Ach, was soll ich mich aufregen?«, meinte Deik Ahlrichs.
»Geert hatte Spielschulden, er hatte ein schweres Problem mit
Glücksspiel, und woher hat er die Kohle genommen, als er
keine mehr hatte? Aus unseren Geschäftsfinanzen! Er hat die
verdammten Bücher gefälscht und er hat Waren aus dem

124

Lager genommen und unter der Hand verkauft. Ich habe dafür den Ärger bekommen! Mein Name stand mit an der Tür, klar?«

»Das hat Sie verständlicherweise sehr frustriert«, sagte Evert.

»Es hat mich wahnsinnig gemacht!«, sagte Deik Ahlrichs. »Ich habe dann nicht mehr die Kurve gekriegt. Erst habe ich Geld verloren und meinen Job und dann habe ich wegen dem das Saufen angefangen. Alles nur wegen Geert. Das Saufen hat es dann richtig schlimm werden lassen. Ich habe geklaut, gelogen und wurde durch Geert zu einem schlimmen Menschen. So bin ich im Knast gelandet. Das war gut für mich. Wirklich.«

»Wieso?«, fragte Evert.

»Weil ich weg von den Leuten kam, mit denen ich mich eingelassen hatte, und weil es keinen Alkohol im Knast gibt«, sagte Herr Ahlrichs. »Das hat mir geholfen, wieder einen klaren Kopf zu bekommen. Nur weil Geert alles kaputtgemacht hat, muss es nicht für mich so bleiben. So bin ich hier gelandet. Ich habe eine Wohnung, einen Beruf und wieder ein Leben. Das ist wichtig, Sie brauchen was zu tun, damit Sie nicht wieder rückfällig werden.«

»Sie sind vor etwas mehr als zwei Wochen aus dem Gefängnis entlassen worden, richtig?«, fragte Wiebke.

»Ja«, bestätigte der Mann.

»Haben Sie seitdem nochmal Kontakt mit Herrn Lüpsen gehabt?«, fragte Evert.

»Nein. Ich habe ihn seit damals nicht gesehen. Ich bin vor acht Jahren ins Gefängnis gekommen und hab ihn davor schon ein halbes Jahr nicht gesehen.«

»Aber Sie haben sich nach ihm erkundigt, oder?«, hakte Wiebke nach.

Deik Ahlrichs leckte sich über die Lippen. »Wer sagt'n das?«, meinte er.

»Sie haben beim Schreyers Hof nach Ihrem alten Geschäftspartner gefragt.«

»Das stimmt«, gab er zu. »Aber das ist ja nicht strafbar.«

»Nein, allerdings ist er jetzt tot«, sagte Evert. »Und darum wüssten wir gerne, wo Sie gestern Abend gewesen sind, so ab acht, neun Uhr.«

»Sie verdächtigen mich, ihn umgebracht zu haben?«, sagte Deik Ahlrichs. Er sprach diese Worte ungewöhnlich ruhig, beinahe amüsiert.

»Nein, wir klären erstmal nur, wo Sie gewesen sind«, sagte Evert. »Genauso, wie wir es bei allen anderen Leuten klären, die eine Beziehung zum Toten hatten.«

»Tja, dann liegen Sie schon da falsch«, meinte Herr Ahlrichs. »Ich hatte keine Beziehung zum Toten, seit Jahren nicht mehr. Ja, ich habe mich bei Frauke nach Geert erkundigt. Ich wollte mit ihm reden. Das gehört zu meiner Therapie. Wir sollten das Vergeben üben. Aber Sie wusste nicht, wo ich ihn finde. Er lebt jetzt auf der Straße, sagte sie.«

»Sie haben ihn dann ausfindig gemacht?«, fragte Evert.

»Nein, damit war das für mich erledigt«, gab Herr Ahlrichs zurück. »Ich renne jetzt nicht durch Ostfriesland und finde einen Obdachlosen. Nur weil Geert mein Leben ruiniert hat, renne ich ihm nicht so lange hinterher. Das war nur, weil mein Therapeut sagte, ich sollte reinen Tisch machen mit den Leuten, die mir Unrecht im Leben getan haben. Wenn man einen Groll zu lange im Inneren behält, würde er nur einen selbst beschädigen, wie Säure, die sich aus einem Fass herausfrisst.« Er wirkte bei diesen Worten auf Evert nicht so, als hätte er Geert Lüpsen wirklich vergeben. Die Wangen von Deik Ahlrichs wurden rot, während er sprach, und er atmete mehrmals tief ein und aus, als er geendet hatte.

»Sie wollten noch sagen, wo Sie gestern gewesen sind, so ab acht Uhr abends«, erinnerte ihn Wiebke.

»Ich war zu Hause, hier in Aurich. Ich habe im Norden an der Straße Am Bahndamm eine Wohnung gefunden. Der Vermieter war selbst mal im Gefängnis und vermietet dort eine Einzimmerwohnung. Ich habe mal ein Haus in Greetsiel gehabt. Jetzt habe ich immerhin ein eigenes Zimmer.« Er schüttelte den Kopf. »Aber es ist meines, nicht das Zimmer im Gefängnis. Es ist immerhin meines. Das kann mir keiner mehr nehmen.«

»Gibt es Zeugen dafür, dass Sie am Abend da waren?«, fragte Evert.

»Nein, ich war allein«, sagte er.

»Haben Ihre Nachbarn Sie vielleicht gehört?«, fragte Wiebke.

»Die arbeiten im Schichtdienst, die waren, glaube ich, alle nicht da. Ich kann sie fragen, wenn Sie wollen.«

»Das können wir machen«, sagte Evert. »Wir benötigen dann noch Ihre genaue Adresse und Ihre Telefonnummer, sollten sich Rückfragen ergeben.«

Deik Ahlrichs diktierte ihnen die verlangten Informationen und fügte hinzu: »Sagen Sie meinen Nachbarn gegenüber aber nicht, warum Sie das wissen wollen. Bitte. Ich will nicht, dass … Meine Nachbarn wissen nichts von meiner Vergangenheit, nur mein Vermieter. Das soll so bleiben.«

»Wir werden so diskret wie möglich damit umgehen«, versprach Evert. »Sagen Sie, konnten Sie noch etwas über Geert Lüpsen in Erfahrung bringen?«

»Was genau meinen Sie?«

»Na ja, hatte er noch Schwierigkeiten wegen seiner Spielschulden?«, präzisierte Evert.

»Keine Ahnung, davon weiß ich nichts.«

»Wissen Sie, bei wem er von den illegalen Pokerspielen beim Schreyers Hof seine Schulden hatte?«, fragte Evert.

»Nein, ich war nie bei den Runden. Ich bin nicht eingeladen gewesen. Ich kenne die Kneipe und kannte den Wirt. Es gab die Poker- und Skatrunden, die da abends stattfanden, aber das war nie für Geld, wenn ich dabei war. Die Glücksspielrunden waren für eine geschlossene Gesellschaft. Von denen habe ich erst erfahren, als alles auseinanderbrach, weil Geert mich und den Laden bestohlen hat.«

»Kennen Sie einen Mann namens Christian Wittmars?«, fragte Evert. Er rief ein Foto von einem Auftritt für den Verein Frya Fresena auf und zeigte es ihm.

»Nein, wer soll das sein?«, gab Deik Ahrlichs zurück, als er sich das Bild ansah. Er kratzte sich dabei am Kopf. »Ich habe keine Ahnung.«

»Er ist ebenfalls tot und wir wissen noch nicht, ob ein Zusammenhang mit Herrn Lüpsens Tod besteht«, sagte Evert.

»Da kann ich Ihnen auch nicht weiterhelfen«, sagte Ahlrichs. Die Türklingel ertönte und ein junger Mann betrat den Laden.

»Moin«, rief er.

»Moin«, gab Herr Ahlrichs zurück. »Bin sofort bei Ihnen!« Er beugte sich zu den Ermittlern vor. »Sind wir fertig? Ich muss jetzt arbeiten.«

»Tun Sie das«, sagte Evert und reichte ihm seine Karte. »Hier erreichen Sie uns, wenn Ihnen doch noch etwas einfällt, von dem Sie denken, dass es fallrelevant ist.«

»Ist gut«, sagte Herr Ahlrichs. »Sollte mir wider Erwarten etwas einfallen, melde ich mich.«

Sie verabschiedeten sich und verließen den Laden, während Deik Ahlrichs den neuen Kunden bediente. Draußen gingen sie zurück zur Polizeiwache.

»Glaubst du ihm?«, fragte Wiebke.

»Er hegt offensichtlich einen ziemlichen Groll gegen Geert Lüpsen«, meinte Evert. »Aber vielleicht kann ja einer seiner Nachbarn bestätigen, dass er zu Hause war.«

»Trotzdem fehlt uns eine Verbindung zwischen den beiden Toten«, meinte Wiebke nachdenklich. »Vielleicht sollten wir alles im Mordfall Wittmars nochmal neu bewerten. Das Ganze sieht eher aus wie zwei getrennte Fälle, und bei Wittmars sind wir heute kein bisschen weitergekommen.«

»Du hast recht«, sagte Evert, während sie die Ampel am Fischteichweg überquerten, um zur Polizeiwache zu kommen. »Ich werde mich gleich dransetzen und nochmal alles durchgehen. Vielleicht fällt mir ja etwas auf. Du schaust, ob wir noch etwas zu Geert Lüpsen herausfinden können. Vielleicht gibt es ja Angehörige, von denen wir bisher nichts wissen.«

Sie gingen hinauf ins Büro der Kriminalpolizei. Dort saß ihr Kollege Klaas Behrends.

»Moin, ihr beiden«, sagte er. »Was treibt ihr so?«

Sie setzten sich an ihre Schreibtische und fassten ihm zusammen, was sie bisher herausgefunden hatten. Anschließend erzählte ihnen Klaas, wie er den Tag damit verbracht hatte, nach dem ominösen Obdachlosen namens Albert zu suchen, mit dem Geert Lüpsen angeblich Streit hatte.

»Bisher habe ich ihn nicht gefunden, wenn es auch ein paar Ladenbetreiber gibt, die mir eine Beschreibung geliefert haben«, sagte Klaas.

»In dem Fall hätte ich etwas für dich, was du tun kannst«, bat Wiebke ihn. »Wir haben die Adresse von Deik Ahlrichs, und jemand müsste bei seinen Nachbarn in Erfahrung bringen, ob sie ihn vielleicht gestern Abend gesehen haben, wie er nach Hause kam.«

»Oder sein Zuhause wieder verlassen hat«, meinte Evert.

»Alternativ könntest du helfen, die Angehörigen des illegalen Pokerspiels ausfindig zu machen«, meinte Wiebke. »Frauke Hinrichs hat einige Fotos mit Listen aus einem Notizbuch ihres Mannes geschickt. Leider sind es nur Namen und ein paar Telefonnummern. Den Rest muss man noch herausfinden.«

»Das sind zehn Jahre alte Informationen«, meinte Klaas. »Ich nehme die Nachbarschaftsbefragung. Plagt ihr euch mal mit der Recherche zu den Leuten herum. Die sind sicher alle umgezogen.« Er sah auf seine Armbanduhr. »Es ist sowieso Zeit für ein Mittagessen. Ich gehe erstmal zum Nachtwächter und nutze das Mittagstischangebot. Dann kläre ich das Alibi von Deik Ahlrichs.«

»Ruf an, wenn du was rausbekommen hast«, sagte Wiebke zu ihrem Kollegen, als er zur Tür des Großraumbüros ging.

»Mach ich«, sagte er und ließ seine beiden Kollegen zurück. Evert machte sich daran, alles zum Mordfall Christian Wittmars erneut durchzugehen, während Wiebke die Liste von Frauke Hinrichs abarbeitete. Die Recherche nach weiteren Verwandten von Lüpsen stellte sie erstmal zurück.

Kapitel 10

Die Zeit verging, während die beiden Ermittler vor sich hinarbeiteten.

Es wurde später Nachmittag und Evert bemerkte, dass er Hunger hatte, als ihn eine Frage seiner Kollegin aus den Gedanken riss: »Also, ich habe jetzt alle Namen auf der Liste durch und brauche irgendwas zu essen. Wie wäre es mit einem Fischbrötchen in der Stadt?«

Evert sah von seinen Unterlagen auf. »Okay«, stimmte er zu und stand auf. Sein Magen knurrte. Er wusste nicht, ob Fiete das Knurren gehört hatte, doch auf jeden Fall reagierte er auf das Aufstehen. Der Labrador Retriever lief fröhlich wedelnd zu seinem Herrchen und folgte ihm, als Evert mit Wiebke zusammen das Büro verließ.

»Wie sieht es mit den Angehörigen der Pokerrunde aus, gibt es eine Verbindung zu unserem anderen Fall?«, fragte Evert Wiebke.

»Nicht, soweit ich es herausfinden konnte«, sagte Wiebke. Sie verließen den Innenhof, gingen über die Ampel am Fischteichweg und vorbei an Oma Tieskes Kiosk. Die bediente gerade eine Gruppe Schüler, die sich große Tüten mit Fruchtgummis füllen ließen. Oma Tieske winkte den Ermittlern zu, als sie vorbeigingen, und die beiden winkten zurück. Dann bogen Evert und Wiebke in die Altstadt von Aurich ein.

»Also, ich habe auf der Liste zwanzig Leute, die wohl mit Geert Lüpsen zusammen gespielt haben, in wechselnder Besetzung. Drei davon sind bereits in den letzten zehn Jahren gestorben.«

»Also schon mal drei, die wir aussortieren können«, meinte Evert trocken.

»Bei den restlichen sind fünf Personen unbekannt verzogen und ich habe sie noch nicht wiedergefunden«, sagte Wiebke. »Bei den verbleibenden zwölf ist einer im Gefängnis und drei

131

sind im Altenheim. Bei den anderen habe ich zumindest die Adressen gefunden. Weiter bin ich dabei nicht gekommen.«

Sie gelangten zum Auricher Marktplatz und gingen zu einem kleinen Restaurant, das im Vorraum eine Theke hatte, in der sie auch Fischbrötchen zum Mitnehmen verkauften.

Evert nahm ein Brötchen mit Krabben, während Wiebke eines mit Matjes wählte. Fiete tänzelte aufmerksam um sein Herrchen herum, denn er konnte genau riechen, was Evert da aß.

»Ich bin alle Aussagen und unsere bisherigen Erkenntnisse durchgegangen, mir ist aber nichts Neues aufgefallen. Dann habe ich versucht, nochmal ein wenig mehr über Christian Wittmars herauszufinden«, sagte Evert. »Es gab Zeitungsartikel zu mehreren Gerichtsfällen, bei denen er in den letzten Jahren über den Verein beteiligt war. Ich habe mir die Akten schicken lassen, aber bisher gibt es da keine offensichtlichen Motive für einen Mord, vor allem nicht für einen Mord *jetzt*. Es muss ja eine gewisse Dringlichkeit vorliegen, dass jemand sich entscheidet, ihn jetzt zu töten.«

»Die Dringlichkeit kann ja auch im Privatleben des Täters liegen, nicht im Streitpunkt selbst«, meinte Wiebke.

»Das stimmt«, gab Evert zu.

Auf dem Rückweg kamen sie auf dem Georgswall am Kiosk von Oma Tieske vorbei. Evert aß sein Krabbenbrötchen auf, als sie dort ankamen und Oma Tieske sie zu sich winkte.

»Moin, ihr beiden«, sagte sie. »Jetzt habe ich Zeit für euch. Willst du einen Kaffee, min Jung?«

»Gerne«, sagte der.

»Und für dich auch was, Wiebke? Ich habe leider nur Tee im Beutel, aber immerhin ist es echter Ostfriesentee.«

»Den nehme ich gerne«, sagte sie.

»Kommt sofort.« Oma Tieske schenkte ein und reichte Evert die dampfende Tasse.

»Wir haben gesehen, du hattest gerade viel Kundschaft«, meinte Evert.

»Ach, die Kinder hatten heute einen ganz dramatischen Tag in der Schule«, sagte Oma Tieske. »Das mussten sie mir erzählen. Wusstet ihr, dass Aloe vera giftig für Hunde ist?«

»Nein«, sagte Wiebke und sah zu Evert.

Der Wasserkocher schaltete sich selbst aus, als er die entsprechende Temperatur erreicht hatte, und Oma Tieske goss Wiebke ihren Tee auf. Sie stellte eine kleine Sanduhr daneben. Der Sand begann darin hindurchzulaufen.

»Möglich, dass ich das schon mal gehört habe«, meinte Evert. »Ich habe keine entsprechende Pflanze zu Hause, aber bei ein paar anderen habe ich nachgeschaut, ob sie giftig sind. Glücklicherweise ist Fiete gut genug erzogen, dass ich mir da wenig Sorgen machen muss.«

»Ja, er ist ein ganz Braver«, sagte Oma Tieske und beugte sich ein wenig über die Theke des Kiosks hinweg, um den Hund zu streicheln, der sich mit den Vorderbeinen gegen die Kioskwand stemmte und wedelte, als ihre Hand für ihn endlich zu sehen war.

»Oh«, sagte Oma Tieske, als sie über die Schulter einen Blick warf. Der Sand war durch die Eieruhr gelaufen und die alte Frau nahm den Teebeutel aus der Tasse und reichte sie Wiebke. Daneben stellte sie eine kleine Dose mit Kluntjes und ein paar einzeln verpackte kleine Portionen mit Kaffeesahne.

»Für die Wulkjes«, sagte die alte Frau und zwinkerte. »Sonst ist es doch kein richtiger Tee.«

»Das stimmt«, sagte Wiebke und gab Kluntjes und Sahne zu ihrem Tee dazu.

»Was war denn in der Schule passiert?«, fragte Evert, um auf die Geschichte von Oma Tieske zurückzukommen.

»Ach ja«, sagte sie. »Das hätte ich jetzt fast vergessen. Die Kinder haben in ihrer Klasse Pflanzen, die in ihrer Verantwortung liegen, und eine Lehrerin hat wohl ihren Hund bei der Nachmittagsbetreuung mit gehabt, weil sie ihn nirgendwo lassen konnte.«

»Was geschah dann?«, fragte Evert.

»Tja, die Grundschüler wollten dem Hund was Gutes zu essen geben, als sie mit ihm allein waren«, sagte Oma Tieske. »Und Grünes ist gesund, dachten sie. Also haben sie es dem Hund gegeben.«

»Der Arme, hat man es rechtzeitig bemerkt?«, fragte Wiebke.

»Ja, dann ist die Lehrerin direkt zum Arzt gefahren, der Hund hat den Magen ausgepumpt bekommen, aber an Unterricht war bei den Kindern nicht mehr zu denken«, sagte Oma Tieske. »Sie kamen gerade aus der Nachmittagsbetreuung, und selbst jetzt redeten sie noch davon. Das war die Aufregung des Tages für die Lütten.«

»Das glaube ich gern«, sagte Wiebke. »Der Tee ist übrigens sehr lecker.«

»Das freut mich«, meinte Oma Tieske. »Sag mal, wie geht deine Hausrenovierung voran?«

»Och, es gibt immer was zu tun«, sagte Wiebke. »Wenn ich irgendwann fertig bin, dann muss ich vorn anfangen.«

»Ich bewundere ja, wie du das alles stemmst«, sagte Oma Tieske. »Aber so ein handwerklich begabter Helfer wäre schon was, oder?«

»Sicher«, sagte Wiebke. Evert hatte das Gefühl, dass Wiebke sich verkniff, mit den Augen zu rollen. Sie wusste ebenso gut wie er, worauf Oma Tieske hinauswollte.

»Also, die meisten Mannlüü mögen ja eher Frauen mit langen Haaren«, meinte Oma Tieske dann. »Mit so einer Haarlänge wie der Evert. Ohne Bart würde der ja auch als passable Dame durchgehen.«

»Ohne den Bart wäre es bei dem Wind in Ostfriesland aber für Evert auch sicher doch zu kalt«, sagte Wiebke.

Everts Telefon klingelte in diesem Moment. Er nickte den beiden zu und ging ein paar Schritte zur Seite. Fiete kam zu ihm, strich um seine Beine und schien die Umgebung genau zu beobachten, um herauszufinden, warum sich Evert von den anderen entfernt hatte. Das Telefon schien der Hund nicht sofort zu bemerken.

»Moin, Brookmer, Kriminalpolizei Aurich«, meldete sich Evert.

»Moin Herr Brookmer, hier ist Eckhard Peters vom Kriminaltechnischen Labor Oldenburg«, meldete sich ein schwer atmender Mann, der für Evert klang, als würde er das Gewicht der Welt auf seinen Schultern haben. »Dr. Elias von der Gerichtsmedizin hat mir hier unterschiedliche Proben geschickt, die er von einem Toten genommen hat, einem gewissen Herrn Wittmars.«

»Haben Sie etwas damit anfangen können?«, fragte Evert.

»Ich schon, ob Sie das können, wird sich zeigen«, gab der Kriminaltechniker zurück. »Dr. Elias hat Proben des Materials abgegeben, das er unter den Fingernägeln des Mordopfers gefunden hatte. Dieses Material besteht vornehmlich aus dem, was man als Dreck bezeichnen kann. Verwertbare genetische Spuren sind da nicht bei herumgekommen. Ebenso haben Sie kein Glück bei den Proben eines gewissen Geert Lüpsen. Bei dem wurde allerdings noch eine andere Probe vom Hosenbein des Opfers mit abgegeben. Dabei handelte es sich um Tulpenpollen, das wunderte mich doch sehr.«

»Wieso?«, fragte Evert.

»Tulpen blühen jetzt nicht mehr«, sagte der Kriminaltechniker. »Es ist Hochsommer, die haben irgendwann im Mai aufgehört zu blühen.«

»Verstehe, das heißt, es ist unwahrscheinlich, dass er sie aus der Natur hat«, sagte Evert.

»Ziemlich«, meinte der Kriminaltechniker.

»Gab es noch weitere Spuren?«, erkundigte sich Evert.

»Nein, nichts Verwertbares«, sagte der Mann und verabschiedete sich von Evert, bevor er auflegte.

Evert steckte sein Telefon weg.

Seine Gedanken kreisten, während er sich zu Fiete herunterbeugte und den Hund im Nacken kraulte.

Tulpen blühen nur bis in den Mai, wiederholte er in Gedanken den Satz des Kriminaltechnikers.

»Was ist los?«, fragte Wiebke.

»Auf Geert Lüpsen befanden sich Tulpenpollen«, sagte Evert. »Die blühen nur bis in den Mai hinein.«

»Ja, meine im Garten haben im März dieses Jahr angefangen, weil das Wetter so gut war«, meinte Wiebke. Sie runzelte die Stirn.

»Sebastian Wittmars hat eine Menge Tulpen im Büro«, meinte Evert.

»Du denkst, dass er mit dem Mord von Geert Lüpsen zu tun hatte?«, meinte Wiebke.

»Na ja, das nicht«, schränkte Evert ein. »Aber die Tulpenpollen könnten bedeuten, dass Herr Lüpsen im Büro von Sebastian Wittmars war. Wir sollten also doch nochmal mit ihm reden.«

Wiebke sah auf ihre Armbanduhr. »Er könnte noch bei der Arbeit sein«, sagte sie. »Auf dem Schild der Firma stand, dass sie bis sechs Uhr auf haben.«

»Dann lass uns zu ihm fahren und ihm nochmal wegen Geert Lüpsen auf den Zahn fühlen. Vor allem sollten wir auch seine Mitarbeiter befragen.«

Er trank seinen Kaffeebecher aus und er und Wiebke bezahlten Oma Tieske.

»Über den Gebrauchtwagenhändler Wittmars hab ich bisher nur Gutes gehört«, meinte sie. »Ist der doch kein Saubermann? Habt ihr einen neuen Verdächtigen?«

»Das nicht«, meinte Evert. »Aber wir haben neue Fragen, die nach Antworten verlangen.«

»Willst du noch für unterwegs eine Tüte Schlickerkram?«, fragte sie. »Wenn ihr noch weiterarbeitet, brauchst du doch sicher Nervennahrung.«

»Gern, ein kleiner Nachtisch kann nicht schaden«, sagte Evert. Oma Tieske füllte ihm eine Papiertüte voll mit unterschiedlichen Weingummis.

»Ich habe auch deine Colaschlangen«, fügte sie dann hinzu. »Die Kinder wollten zwar alle, aber ich habe ein paar übrigbehalten. Ich hatte dich ja schon gesehen und dachte mir schon, dass du noch vorbeikommst.«

»Vielen Dank, dass du an mich gedacht hast«, sagte Evert und nahm die Tüte entgegen. Er bezahlte.

»Na, du brauchst doch auch was zu essen, damit du Mörder fangen kannst und die Straßen hier sicher sind«, meinte Oma Tieske. »Für dich auch was, Wiebke?«

»Nee, ich komme ohne Nervennahrung aus«, meinte sie lächelnd.

Sie verabschiedeten sich von der alten Frau und gingen zurück zur Polizeiwache.

Kapitel 11

Von der Polizeiwache Aurich aus fuhren Wiebke und Evert noch einmal in den Norden der Stadt Aurich ins Gewerbegebiet Sandhorst. Sie parkten auf dem ausladenden Parkplatz des Gebrauchtwagenverkaufs von Sebastian Wittmars an der Dornumer Straße, und Evert ließ seinen Hund aus der Box im Kofferraum.

In den Räumlichkeiten lief noch jemand herum. Als sie näher kamen, erkannte Evert durch die Glasfassade des Gebäudes die schlaksige Gestalt des Verkäufers Enno Preuß.

»Moin«, grüßte Evert, als er gefolgt von seiner Kollegin durch die Glastür hereinkam. »Kripo Aurich nochmal.«

»Ach ja, von gestern«, sagte Herr Preuß. »Wollen Sie doch einen neuen Wagen? Ihrer sieht ja nicht mehr so richtig neu aus. Wir haben Fahrzeuge, die keine zwei Jahre alt sind. Die bekommen wir von einer Autovermietung sehr günstig und wir prüfen sie genau.«

»Nein, danke«, sagte Evert. »Wir würden gerne mit Ihrem Boss reden. Ist Herr Wittmars noch da?«

»Leider nicht, er ist schon weg. Kann ich Ihnen vielleicht weiterhelfen?«

»Sie sind doch bekannt mit Geert Lüpsen, der in dem Wohnwagen neben Ihrem Grundstück wohnt«, sagte Evert. »Richtig?«

»Ja klar«, sagte Enno Preuß. »Der Geert ist ein echt netter Kerl gewesen. Ich habe schon von den Leuten von Gossel gehört: Geert ist tot. Das ist echt kaum zu glauben. Wissen Sie schon, wie es passiert ist? Drüben wusste es keiner.«

»Wir nehmen an, dass es sich um Mord handelt«, sagte Evert vorsichtig.

»Ist nicht wahr, ein Mord? Wer bringt denn den Geert um?«, fragte Enno Preuß erstaunt.

»Das wollen wir klären«, sagte Evert. »Kannten Sie ihn gut?«

»Nur flüchtig, er rannte manchmal über unsere Parkplätze, und das sollte er nicht. Sonst kannte ich ihn nur vom Sehen. Man grüßte sich, wenn man sich sah. Ich habe ihm mal eine Flasche direkt gegeben, wenn ich eine leer hatte. Sonst hatte ich nichts mit ihm zu tun.«

»War er mal hier bei Ihnen im Gebäude?«, fragte Wiebke.

»Nein, wieso das?«, meinte Enno Preuß. Er beugte sich vor. »Im Vertrauen, der Geert hat immer ziemlich gemüffelt. Den wollte man nicht in einem geschlossenen Raum haben.«

»Er wurde also nie ins Büro Ihres Chefs zitiert?«, fragte Evert.

»Nein, ganz sicher nicht«, meinte Enno Preuß.

»Sie sagen das mit einer Bestimmtheit in der Stimme, als wäre die Frage allein schon absurd«, meinte Evert.

»Herr Wittmars hatte, unter uns gesagt, nie sonderlich viel für den Geert übrig. Wenn Herr Gossel von nebenan ihn da nicht hätte wohnen lassen und nicht klargemacht hätte, dass er diesbezüglich keine Kritik von Herrn Wittmars duldet, hätte der vielleicht seinetwegen die Polizei gerufen und ihn entfernt. Er mochte ihn da nicht haben, vor allem wegen des Eindrucks für die Kunden.«

»Wieso hat er sich nicht durchgesetzt?«, fragte Evert.

»Weil Herr Gossel hier Leiter der Werbegemeinschaft und sehr gut befreundet mit dem Vermieter des ganzen Gebäudes ist. Da beschwert man sich nicht.«

»Verstehe«, sagte Evert. »Wäre es möglich herauszufinden, ob Herr Lüpsen gestern doch vielleicht hier im Gebäude war?«

»Sie meinen, er hat sich eingeschlichen?«, fragte Enno Preuß.

»Das wäre denkbar«, sagte Evert vorsichtig. Ob Geert Lüpsen ins Büro von Sebastian Wittmars gebeten worden oder aber eingebrochen war, gerade das wollte er herausfinden.

Verrennst du dich hier auch nicht?, dachte er, doch sein Bauchgefühl sagte ihm, dass hier ein Zusammenhang bestehen musste.

»Tja, also, wir haben hier Videoüberwachung«, meinte Enno Preuß. »Ich kann da gern nachschauen, wenn Sie wollen.«

»Das würde uns sehr weiterhelfen«, sagte Evert.

Sie folgten dem Mann durch die Tür in den kurzen Flur, doch diesmal bogen sie nicht in das Büro von Sebastian Wittmars ein, sondern gingen durch eine andere Tür in einen kleinen Raum.

»Wir haben keinen Beschluss dazu«, meinte Wiebke leise zu Evert.

»Und rechtlich ist es erlaubt, wenn man es uns freiwillig zeigt«, gab Evert zurück. »Oder?«

»Ja«, sagte sie.

Enno Preuß startete einen Computer und wählte sich in ein System ein, schließlich rief er eine Kameraübersicht auf.

»Hier, wir haben vier Kameras im Eingangsbereich und in dem Korridor da, die nehmen durchgehend auf und löschen dann nach sieben Tagen automatisch. Ich schau mal gestern Abend, da bin ich ab Viertel nach sechs weg gewesen.«

Er kontrollierte die Anzeigen, und im Schnelldurchlauf war zu sehen, wie Enno Preuß aus den Geschäftsräumen ging. Einige Sekunden war nichts zu sehen, dann rauschte ein Mann vorbei in die Büroräume.

»Moment«, sagte Enno Preuß und verlangsamte die Aufnahme.

Geert Lüpsen war zu sehen, wie er zusammen mit Sebastian Wittmars im Eingangsbereich der Geschäftsräume stand und dann mit ihm zusammen durch den Flur ins Büro von Herrn Wittmars verschwand.

Eine Zeit geschah nichts. Dann war zu sehen, wie Sebastians Wittmars' Bruder Florian in den Korridor kam, die Tür zum Büro öffnete und eintrat. Einen Moment geschah nichts.

»Ton gibt es nicht zufällig, oder?«, fragte Evert.

»Nein«, sagte Enno Preuß und beobachtete neugierig den Bildschirm.

In diesem Moment öffnete sich die Bürotür erneut und Sebastian und Florian Wittmars trugen gemeinsam Geert Lüpsen aus dem Raum heraus, den Flur entlang und aus dem Sichtbereich der Kamera.

»Was zum«, fluchte Enno Preuß, spulte zurück und sah die Aufnahme nochmal an. »Was machen die da?«

Einige Zeit geschah nichts auf der Aufnahme, dann kamen die beiden Brüder zurück und gingen nochmal ins Büro, bevor sie wieder herauskamen und Sebastian Wittmars abschloss.

»Wir benötigen eine Kopie dieser Aufnahme«, sagte Wiebke. »Sofort.«

»Mach ich Ihnen«, sagte Enno Preuß. »Aber … haben die beiden ihn umgebracht? Ich meine … er ist da reingegangen und sie haben ihn rausgetragen. Die haben ihn umgebracht.«

»Es sieht zumindest so aus«, stimmte Evert zu. »Wissen Sie, wo Ihr Chef ist?«

Preuß steckte einen USB-Stick in den Computer und kopierte die Aufnahmen darauf. »Keine Ahnung. Der Baas sagte, er würde einige Tage nicht zur Arbeit kommen. Es gäbe irgendeinen Notfall bei seiner Mutter«, sagte Enno Preuß.

»Wissen Sie, was für einen Notfall?«, fragte Evert.

»Nein, keine Ahnung. Er wollte sich in einigen Tagen melden und sagen, wann er wiederkommt. Er ist der Boss, er kann machen, was er will.« Er reichte Evert den USB-Stick mit dem Logo der Firma. »Hier, das sind die Aufnahmen.«

»Haben Sie vielen Dank«, sagte Evert.

»Was mach ich denn jetzt?«, fragte Enno Preuß. »Ich meine, wenn der Baas … wenn er Geert getötet hat?«

»Wir klären das«, sagte Evert. »Sie machen Feierabend und erzählen niemandem davon. Vor allem rufen Sie bitte nicht Herrn Wittmars an.«

»Okay«, sagte er. »Okay.«

Sie verabschiedeten sich von ihm und verließen den Gebrauchtwagenladen.

»Rufen wir Sebastian Wittmars an«, sagte Evert, »und sehen, ob er bereit ist, sich mit uns zu treffen?«

»Tu das«, sagte Wiebke, während sie zum Auto zurückgingen.

Evert zog sein Handy heraus und rief Sebastian Wittmars auf der Handynummer an, die sie von seiner Mutter bekommen hatten.

»Ich bekomme nur die Mailbox dran«, sagte er, als er sich zu Wiebke ins Auto setzte.

»Probier es zuerst bei seiner Mutter«, sagte Wiebke. »Vielleicht ist es ja wahr, dass sie einen Notfall hat.«

»Du glaubst eher daran, dass er sich absetzen will?«, fragte Evert, als er Josefine Wittmars' Nummer wählte.

»Du hast die Aufnahmen doch auch gesehen«, sagte Wiebke. »Geert Lüpsen sah darauf sehr tot aus. Nur was das mit dem Tod von Christian Wittmars zu tun hat, das ist mir nicht klar.«

»Werden wir rausbekommen«, sagte Evert und wählte die Nummer von Josefine Wittmars.

»Moin, Frau Wittmars, hier ist Evert Brookmer von der Auricher Kriminalpolizei«, meldete sich Evert. »Ist Ihr Sohn Sebastian bei Ihnen?«

»Moin Herr Brookmer, nein, wieso sollte er?«

»Wir würden gerne mit ihm sprechen, und bei seiner Arbeit hieß es, er sei bei Ihnen wegen eines Notfalls und habe sich die nächsten Tage freigenommen.«

»Nein, was soll geschehen sein?«, fragte Frau Wittmars nun irritiert.

»Das hatten wir gehofft, von Ihnen zu erfahren«, sagte Evert.

»Wieso wollen Sie ihn denn so dringend sprechen?«

»Es geht nur um einige Fragen, die wir an Ihren Sohn haben.«

»Dann sollten Sie zu Hause bei ihm nachsehen«, sagte sie. »Oder in Norden.«

»In Norden?«, fragte Evert.

»Ja, vielleicht wollte er seinen Mitarbeitern nur nicht sagen, dass er mal ein paar Tage frei braucht. Er hat eine Segelyacht im Hafen von Neßmersiel. Hat er mir neulich stolz erzählt. Vielleicht ist er ja da.«

»Werden wir überprüfen«, sagte Evert. »Vielen Dank.«

Er legte auf und sagte Wiebke, was er erfahren hatte.

»Wir haben also zwei Möglichkeiten«, sagte Wiebke. »Wir fahren zu ihm nach Hause oder zu seinem Boot.«

»Drei Möglichkeiten«, meinte Evert. »Er könnte bei seinem Bruder sein, der ebenfalls Täter in diesem Fall zu sein scheint.«

»Also gut«, gab Wiebke zu. »Dann würde ich vorschlagen, wir schicken Kollegen zu seinem Bruder. Wir sehen uns an, ob er entweder bei sich zu Hause oder im Hafen von Neßmersiel ist.«

Sie startete den Wagen. Währenddessen rief Evert bei Klaas an. Dieser bestätigte, dass er zu Florian Wittmars fahren würde.

Sie fuhren eine halbe Stunde, bis sie bei Sebastian Wittmars' Adresse in Neßmersiel ankamen. Hier, an der Dorfstraße, parkten sie in der Einfahrt eines älteren rot verklinkerten Bungalows. Kein Fahrzeug stand in der Einfahrt.

Evert stieg aus, ging gefolgt von Wiebke zur Haustür und betätigte die Klingel.

Niemand reagierte.

Auf dem Nachbargrundstück begann ein Rasenmäher zu dröhnen. Evert ging zur Hecke, die beinahe schulterhoch war, und winkte dem Mann, der in Shorts und mit nacktem Oberkörper seinen Rasen mähte. Der Mann winkte zurück und ließ sich nicht aus der Ruhe bringen.

Evert seufzte, ging zur Straße und hob seinen Dienstausweis. Er winkte den Mann heran. Endlich schaltete der seinen Rasenmäher aus und kam zu ihnen.

»Ja, moin, was ist denn los?«, fragte er. Sein Oberkörper glänzte vor Schweiß und sein kleiner Bierbauch hing über die Gürtelschnalle seiner zerschlissenen Jeans-Shorts. Er kniff die Augen zusammen, als er Everts Dienstausweis ansah.

»Nee, ohne Lesebrille wird das nichts«, sagte er. »Was soll denn draufstehen?«

»Kripo Aurich, mein Name ist Brookmer und das ist meine Kollegin Wiebke Jacobs«, sagte Evert. »Wir suchen Herrn Sebastian Wittmars.«

»Der ist nicht da«, sagte der Nachbar.

»Das sehen wir, aber wir wüssten gerne, ob er heute schon da war oder ob Sie wissen, wo er ist«, sagte Evert. Er wollte nicht einfach nur auf Verdacht zu Sebastian Wittmars' Boot fahren. Neßmersiel war ein Dorf und er hoffte darauf, dass man in der Nachbarschaft immer ein wenig mitbekam, was so geschah.

»Ja, der war heute hier, gerade erst. Ist mit seinem grünen Seesack weggefahren, ich denke also mal, Sie finden den vielleicht noch am Hafen. Ich habe ihn nicht gefragt, wo er hinfährt, der ist ja schon groß«, sagte der Mann und lachte.

»Haben Sie vielen Dank«, sagte Evert und verabschiedete sich. Er und Wiebke stiegen wieder ein, und bevor sich Evert angeschnallt hatte, war Wiebke schon wieder auf der Straße und fuhr Richtung Hafen.

*

»Moin, Herr Wittmars«, sagte Klaas, als er in den Blumenladen von Florian Wittmars trat. »Ich würde gerne kurz mit Ihnen sprechen.«

»Sicher, wie kann ich Ihnen helfen?«

»Wo waren Sie gestern Abend?«

»Hier im Laden. Wieso?«

»Waren Sie vielleicht nicht eher bei Ihrem Bruder, in dessen Gebrauchtwagenfirma?«

144

Florian Wittmars reagierte sofort. Er schleuderte Klaas eine Vase mit Blumen entgegen. Klaas duckte sich zur Seite weg, doch er war zu langsam. Die Vase landete mittig auf seinem Oberkörper. Er taumelte zurück, das Wasser und die Blumen verteilten sich auf dem Boden.

Sebastian Wittmars rannte durch eine Tür in den hinteren Bereich des Ladens.

»Herr Wittmars, bleiben Sie stehen«, rief Klaas. Er zog seine Dienstwaffe und folgte dem Mann. Er kam gerade noch rechtzeitig, um zu sehen, wie Florian Wittmars eine Hintertür aufriss und über seine Schulter sah. Dann wurde Wittmars bereits von zwei starken Armen gepackt und gegen die Hauswand des Hinterhofs gedrückt.

»Moin, Herr Wittmars«, sagte Klaas' Kollege Tido. An seinen Kollegen gerichtet fügte Tido zu: »Hattest recht, Klaas.«

»Hab ich immer«, sagte Klaas selbstgefällig. »Wenn man den Beruf lange genug macht, bekommt man ein Gespür für sowas. Es lohnt sich immer, jemanden an der Hintertür stehen zu haben. Wir würden Sie gerne nochmal zu gestern Abend befragen, Herr Wittmars. Wollen Sie uns vielleicht auf die Wache begleiten?«

*

Wiebke bog von der Hafenstraße linker Hand auf den großen Parkplatz des Hafens ein. Gut einhundert Autos standen hier bereits, denn hier parkten auch viele Touristen, wenn sie zum Fähranleger nach Baltrum gelangen wollten.

Evert stieg aus dem Wagen, ließ seinen Hund aus der Box im Kofferraum und ging zusammen mit Wiebke über die Hafenstraße. Es gab hier kein großes Hafengebäude, lediglich ein kleines Gebäude, in dem die Toiletten untergebracht waren. Ein Dutzend Boote lagen im Hafen, vor allem kleinere Segelyachten.

»Da ist er«, sagte Evert. Er hatte Sebastian Wittmars auf einem der Boote herumklettern gesehen. Er stand neben dem Mast der weiß gestrichenen, gut sechs Meter langen Yacht und zog das Hauptsegel hoch. Das braune Segel flatterte im Wind.

Auch Sebastian Wittmars schien sie gesehen zu haben. Er hörte auf, das Segel hochzuziehen, eilte zum Bug des Bootes und löste die Taue.

»Der will abhauen«, rief Wiebke und klang dabei in Everts Ohren beinahe empört.

Evert rannte sofort los, Fiete und Wiebke liefen hinterher. Sebastian Wittmars stieß das Boot ab und lief zum Heck. Der Außenbordmotor heulte auf, als er startete und zurücksetzte.

»Herr Wittmars, bleiben Sie stehen«, rief Evert, doch er wusste, dass der Mann seine Entscheidung getroffen hatte. Menschen, die so unter Druck standen, entschieden entweder zu kämpfen oder zu fliehen. Wenn die Entscheidung getroffen war, gab es kein Zurück mehr.

Das Boot setzte schnell zurück und Evert traute sich nicht zu, die drei Meter zwischen dem Boot und dem Steg zu springen. Er entschied sich, das Ganze anders anzupacken.

Evert rannte ohne einen weiteren Kommentar den Steg entlang zur Hafenausfahrt und in Richtung des Fähranlegers nach Baltrum.

Das Boot von Sebastian Wittmars schipperte in seine Richtung, der Außenbordmotor war nicht besonders stark und vermutlich dazu gedacht, im Hafen beim Anlanden zu manövrieren und bei ungünstigem Wind dem Boot zu helfen, überhaupt in den Hafen hineinzukommen.

Evert lief zu einem der letzten am Steg festgemachten Boote und sprang an Bord. Er sah sich um, erkannte sofort, dass es nur an zwei Seilen festgemacht worden war, und löste die beiden. Er stieß die kleine Segelyacht ab und ließ sie zurücktreiben. Damit schnitt er Sebastien Wittmars' Yacht den Weg ab.

Dieser musste abbremsen, wenn er nicht in das andere Boot hereinfahren wollte. Die Strömung war nicht sonderlich stark und der Wasserstand niedrig. Sebastian Wittmars wollte dem Boot ausweichen und sich zwischen dem neu aufgetauchten Hindernis und den Salzwiesen auf der anderen Seite der Fahrrinne vordrängeln. Seine Yacht ruckte und blieb stecken.

Evert zog seine Dienstwaffe, während sein Boot sich dem von Sebastian Wittmars näherte und ebenfalls stecken blieb.

»Geben Sie auf«, rief er. »Die Kollegen sind schon alarmiert und bald wimmelt es hier von Polizisten«, bluffte er. »Sie kommen hier nicht weg.«

Er wusste nicht, ob es die Waffe war oder die Tatsache, dass der Mann wortwörtlich feststeckte, doch Sebastian Wittmars hob die Hände.

»Nicht schießen«, rief er.

»Sie sind vorläufig festgenommen«, sagte Evert und warf seine Handschellen zu Herrn Wittmars, der sie auffing. »Legen Sie die an, dann komme ich rüber.«

Kapitel 12

Evert und Wiebke saßen Florian Wittmars im Verhörzimmer der Polizeiwache Aurich gegenüber.

Sein Bruder Sebastian leugnete beharrlich alles, obwohl sie ihm die Videoaufnahmen gezeigt hatten. Darum versuchten sie es jetzt bei Florian Wittmars.

»Herr Wittmars«, sagte Evert, nachdem er ihm die Aufnahmen auf einem Laptopbildschirm gezeigt hatte, und klappte den Laptop zu. »Sie sehen, wir haben Videobeweise für Ihren Mord an Herrn Lüpsen. Es geht jetzt nicht mehr darum, ob Sie hier ohne Strafe rauskommen, es geht darum, wie groß die Strafe wird. Wenn Sie zuerst mit uns kooperieren, dann bekommen Sie ein besseres Angebot als Ihr Bruder. Er könnte alles auf Sie schieben.«

»Das würde er nicht machen«, meinte Florian Wittmars, doch in seiner Stimme waren Zweifel zu hören. »Würde er nicht.«

»Sie können sich darauf verlassen, wenn Sie wollen«, sagte Evert. »Aber es sieht nicht gut aus. Was wir noch nicht verstehen, ist, wieso auch Herr Lüpsen sterben musste.«

»Auch?«

»Der Zusammenhang mit dem Tod Ihres Vaters ist sehr wahrscheinlich, oder?«, spekulierte Evert.

Florian Wittmars leckte sich über die Lippen. Er sah von Evert zu Wiebke und dann wieder zu Evert.

»Das war nicht meine Idee«, sagte er schließlich.

»Erklären Sie uns das bitte.«

»Diesen Lüpsen zu töten, das war nicht meine Idee.«

»Aber Ihren Vater umzubringen schon?«, meinte Wiebke.

»Nein, das war auch mein Bruder.«

»Beginnen wir am Anfang, wieso haben Sie Ihren Vater töten wollen?«, fragte Evert.

»Christian hatte eine Menge zu vererben, und die Kohle konnten wir beide gut gebrauchen. Ma ist krank, sie hat es mit dem Herzen. Sie hat früher viel geraucht und jetzt braucht

148

sie so Stents, damit alles wieder richtig fließt. Dafür wollen wir die Chefarztbehandlung für sie, nur die besten Spezialisten, weil bei ihr Komplikationen zu erwarten sind. Das kostet alles viel Geld. Wir haben festgestellt, dass alle unsere Probleme mit Geld zu lösen sind, und wir wussten, dass Christian es uns nicht geben würde.«

»Also wollten Sie sein Geld erben.«

»Das stimmt, ja. Er war nie wirklich für uns da, da konnte er doch im Tod noch nützlich sein. Meinte Sebastian«, sagte Florian Wittmars.

»Wie haben Sie es angestellt?«

»Es war ganz leicht, wir sind zu ihm gefahren und haben ihn erschlagen. Er hat uns aufgemacht, wir hatten ein Werkzeug von Sebastian dabei, und ich habe mit Christian geredet, damit Sebastian … es tun konnte. Er war schon immer mein kleiner Bruder, ich musste doch auf ihn aufpassen.«

»Dann haben Sie die Leiche nach draußen gebracht?«

»Genau, wir hofften, dass es wie ein Unfall aussieht.«

»Und Sie haben sich gegenseitig Alibis gegeben.«

»Das war doch eine gute Idee, oder? Das war alles gut geplant, oder?«

»War es«, gab Evert zu. »Nur die Aufnahmen hier nicht.«

»Das war ja auch Sebastian … Ich will nicht für seine Dummheit ins Gefängnis!«

»Erklären Sie das«, forderte Evert ihn auf.

»Dieser Geert hat ihn ausgepresst.«

»Ausgepresst?«, fragte Evert.

»Ja, also so richtig erpresst. Flaschen-Geert wohnte ja neben Sebastians Gewerbeflächen. Er hat sich immer mal mit den Autozulieferern von Sebastian unterhalten, also den Fahrern der Transporter und so.«

»Was hat er dabei herausgefunden?«

»Dass Sebastian Unfallwagen aus den USA kauft, die nicht mehr zugelassen sind. Die schafft er dann zu einem Bekannten nach Polen, der sie wieder aufhübscht und neue

Papiere ausstellt. So kann er die Wagen mit einer ziemlichen Gewinnmarge verkaufen.«

»Das muss doch über die Fahrgestellnummer nachvollziehbar sein«, meinte Wiebke.

»Prüft man die wirklich bei einem Autokauf?«, gab Florian Wittmars zurück. »Ich nicht, und die meisten anderen doch auch nicht. Es sind gute Autos in einem ordentlichen Zustand, und die Leute sind zufrieden. Aber Geert hat es begriffen und war dann bei Sebastian eingebrochen. Schon vor zwei Jahren! Er hat Unterlagen geklaut, die das belegen, und dafür musste ihm Geld gezahlt werden. Jede Woche kam er und wollte Geld, das musste Sebastian erstmal verdienen!«

»Das war sicherlich eine belastende Situation für ihn.«

»War es! Und nachdem wir jetzt bald das Geld von Christian hatten, hat sich mein Bruder gedacht: Es reicht. Geert hatte seine Raten einfach mal erhöht, da hat mein Bruder ihn einfach zu sich bestellt und ihn erwürgt. Er hat mich angerufen, damit ich ihm helfe, den Toten wegzuschaffen. Er wollte es wie einen Unfall aussehen lassen!«

»Das fanden Sie nicht gut?«

»Nein, das war dämlich! Es war klar, dass Sie uns auf die Spur kommen! Er hat das einfach so entschieden! Er meinte, wenn man durch Christian schon so viel Geld bekommt, dann sollte das nicht an Geert Lüpsen gehen! Er hat ihn einfach so getötet.«

Evert lehnte sich zurück.

»Einfach so«, wiederholte er.

»Ja, das war so sinnlos«, meinte Florian Wittmars.

»Wohingegen Ihr Vater es verdient hatte?«, meinte Evert.

Florian Wittmars öffnete den Mund und wollte etwas sagen, doch dann stockte er. Er sah ein wenig aus wie ein Fisch auf dem Trockenen, bevor er seinen Mund wieder schloss.

»Ich würde gerne einen Anwalt haben«, sagte er schließlich.

»Sicher«, sagte Evert und stand von seinem Platz auf. »Ich denke, wir sind hier fertig.«

Er und Wiebke verließen das Verhörzimmer. Im Flur davor saß Fiete mit Blick auf die Tür. Als Evert zu ihm herauskam, sprang der Labrador Retriever auf und wedelte, bewegte sich aber nicht von seinem Platz. Immerhin hatte er die Anweisung bekommen zu warten.

Evert trat zu ihm und kraulte ihn zwischen den Ohren.

»Wir sind fast fertig, Fiete«, sagte Evert. »Nur noch der Papierkram. Dann gehen wir auf eine große Runde, okay?«

Der Hund bellte, als hätte er Evert verstanden, und konnte es kaum erwarten.

ENDE

Ostfrieslandkrimi-Empfehlungen
des Klarant Verlages

Kennen Sie auch schon die anderen Bände der Ostfriesland-krimi-Serie **»Ein Fall für Brookmer und Jacobs« von Martin Windebruch?**

Zwei gebürtige Auricher Ermittler gehen mit Polizeihund Fiete in Ostfriesland auf Verbrecherjagd! Dabei sind die Kollegen des Polizeikommissariats Aurich zunächst wenig begeistert, einen Theoretiker wie Dr. Evert Brookmer in ihr Team zu bekommen. Evert hat in Kriminologie promoviert, aber von wirklicher Polizeiarbeit hat der junge nach Aurich zurückgekehrte Kommissar doch keine Ahnung – oder?

Auch die heimatverbundene Kommissarin Wiebke Jacobs, der Evert zugeteilt wird, ist skeptisch, doch sie muss zugeben, dass der Neue mehr draufhat, als sie gedacht hätte. Denn Dr. Brookmer besitzt ein untrügliches Gespür dafür, wie man mit Leuten reden muss, während die introvertierte Wiebke manchmal etwas zu lange überlegt, bevor sie etwas sagt.

So werden die beiden ostfriesischen Ermittler schon bald zu einem richtigen Team, und wenn sie in einem Fall einmal partout nicht weiterkommen, erhält Evert oft den entscheiden-den Hinweis von Oma Tieske, die in ihrem Kiosk stets über jedes aktuelle Gerücht informiert zu sein scheint.

In der Serie sind bereits folgende Ostfrieslandkrimis er-schienen:

»Auricher Leichen«, Band 1
Taschenbuch-ISBN: 978-3-96586-477-1
eBook-ISBN: 978-3-96586-478-8

»Auricher Geheimnisse«, Band 2
Taschenbuch-ISBN: 978-3-96586-524-2
eBook-ISBN: 978-3-96586-525-9

»Auricher Gier«, Band 3
Taschenbuch-ISBN: 978-3-96586-609-6
eBook-ISBN: 978-3-96586-610-2

»Auricher Betrug«, Band 4
Taschenbuch-ISBN: 978-3-96586-656-0
eBook-ISBN: 978-3-96586-657-7

»Auricher Morde«, Band 5
Taschenbuch-ISBN: 978-3-96586-697-3
eBook-ISBN: 978-3-96586-698-0

»Auricher Tresor«, Band 6
Taschenbuch-ISBN: 978-3-96586-738-3
eBook-ISBN: 978-3-96586-739-0

»Auricher Fische«, Band 7
Taschenbuch-ISBN: 978-3-96586-791-8
eBook-ISBN: 978-3-96586-792-5

»Auricher Zeuge«, Band 8
Taschenbuch-ISBN: 978-3-96586-916-5
eBook-ISBN: 978-3-96586-917-2

»Auricher Jubiläum«, Band 9
Taschenbuch-ISBN: 978-3-96586-949-3
eBook-ISBN: 978-3-96586-xxx-x

»Auricher Kiste«, Band 10
Taschenbuch-ISBN: 978-3-96586-997-4
eBook-ISBN: 978-3-96586-998-1

»Auricher Erbe«, Band 11
Taschenbuch-ISBN: 978-3-68975-050-3
eBook-ISBN: 978-3-68975-051-0

Klarant Verlag

Lernen Sie die Ostfrieslandkrimi-Titel des Klarant Verlages kennen und besuchen Sie uns im Internet unter:

www.ostfrieslandkrimi.de

und

www.klarant.de

Sie können dort Näheres über unsere Autorinnen und Autoren erfahren, viele weitere interessante Bücher und eBooks finden und Leseproben herunterladen. Mit dem kostenlosen Newsletter auf:

www.ostfrieslandkrimi-lesen.de

erhalten Sie aktuelle Informationen rund um das Verlagsprogramm, wie beispielsweise spannende Neuerscheinungen und Gewinnspiele.